妾屋昼兵衛女帳面三

旦那背信

上 田 秀 人

幻冬舎時代小説文庫

妾屋昼兵衛女帳面三

旦那背信

目次

【主要登場人物】

山城屋昼兵衛　大名旗本や豪商などに妾を斡旋する「山城屋」の主。
大月新左衛門　昼兵衛が目をかけている元伊達藩士。タイ捨流の遣い手。
菊川八重　仙台藩主伊達斉村の元側室。新左衛門と同じ長屋に住んでいる。
山形将左　昼兵衛旧知の浪人。大店の用心棒や妾番などをして生計を立てている。
海老　江戸での出来事や、怪しい評判などを刷って売る読売屋。
和津　吉野屋の飛脚。
稲　山城屋に在籍する女。妾奉公で生計を立てている。
松平伊豆守信明　幕府老中。
佐々木善太夫　老中松平家の留守居役。
加賀俊斎　宝蔵院流槍術師範。佐々木善太夫の槍の師匠。
東大膳正　駿河台に屋敷がある寄合旗本。
権蔵　霊巌島から深川仙台堀の南までを縄張りとする顔役。
徳川家斉　徳川幕府第十一代将軍。
林出羽守忠勝　家斉の寵愛を受けた小姓組頭。
坂部能登守広吉　林出羽守が引きあげた町奉行。

第一章　男女百相

一

表向き女奉公人の口入れ屋となっている山城屋《やましろや》だが、店《たな》は大通りを曲がった辻《つじ》にあるうえ、看板らしい看板も出していない。ために まず一見《いちげん》の客は来ない。店の暖《の》簾《れん》をくぐる客は、仕事を求める者、人を探す者にかかわらず、山城屋が妾屋《めかけや》だと知っていた。

「ごめんなさい」

世間の店よりも、少し長い暖簾をおずおずとこえて、若い女が入ってきた。

「いらっしゃいまし」

にこやかに番頭が声をかけた。

「あのお、奉公先を探しているのですが……」

若い女が小さな声で言った。

「はい。では、最初に少しお話を訊《き》かせていただきますよ」

番頭が帳面と筆を用意した。

「まず、生国《しょうごく》と生まれた村、あと人別《にんべつ》のある寺と名前、歳《とし》を」

「武蔵《むさし》の国、八王子《はちおうじ》村《むら》、百姓八郎衛門《はちろうえもん》の娘、初《うぶ》。歳は十六。人別は福王寺《ふくおうじ》に」

初が答えた。

「十六かい……」

じろじろと番頭が初をぶしつけな目で見た。

「少し発育が不足気味か」

「えっ」

番頭の呟《つぶや》きに初が驚いた。

「ああ。すまないね。で、どういうところがいいんだい」

すっと表情を変えて、番頭が問うた。

「住みこみで」

「当然だねえ」

通いの妾というのもないわけではないが、ほとんどが一軒家を与えられて、そこに住む。番頭が首肯《しゅこう》した。

「あとできるだけお給金のよいところが」

「はっきりとしているね」

聞いた番頭が苦笑した。

「じゃあ、身体検《からだあらた》めをするからね。二階へあがっておくれ。念のために確認しておくけど、病《やまい》持ちじゃないだろうね」

「病気一つしたことないです。でも、身体検めって……」

初が身体を覆うように両手でかばった。

「調べておかなければ、売りこみようがないだろう」

番頭が怪訝《けげん》な顔をした。

「少しでもよいお金をもらおうと思うならば、相手に欲しいと思わさなければいけないんだよ」

親切に番頭が教えた。

「そうなのですか」

給金の話に、初が少し興味を持った。

「奉公は初めてかい」

「はい」

初がうなずいた。

「そうかい。なら、知らなくてもしかたないね。さあ、二階へ」

番頭が立ち上がりかけた。

「ただいまもどりましたよ」

暖簾を手で開いて、山城屋の主《あるじ》昼兵衛《ちゅうべえ》が帰ってきた。

「お帰りなさいませ」

腰を浮かしていた番頭が、応《こた》えた。

「お客さまかい」

すぐに昼兵衛が初に気づいた。

「…………」

初が頭を下げた。

「……これは」

昼兵衛が初を見て、嘆息した。

「店をまちがえておられるようでございますな」

「えっ」

初が目を見張った。

「うちは、口入れ屋ではございますが、お妾専門でございましてね。普通の奉公人は扱っておりませんので」

「……それは」

あわてて初が番頭を見た。

「うちを妾屋だとご存じでない……」

番頭も唖然《あぜん》とした。

「娘さん、御店奉公をお探しなら、うちの店を出て、前の道を右へ半丁（約五十五メートル）行けば大通りに出るから、そこを左、二丁（約二百二十メートル）ほどで口入れ屋がある。山田屋さんといってね、鮮やかな茜色《あかねいろ》の暖簾が目印だから、すぐにわかるよ。そこへいきなさい」

昼兵衛がていねいに説明した。

「は、はい。ありがとうございます」

急いで初が山城屋を出ていった。

「気づかなかったとはいえ、申しわけありません」

番頭が詫《わ》びた。

「いけませんよ」

雪駄《せった》を脱いで板の間へあがりながら、昼兵衛がたしなめた。

「妾屋と普通の口入れ屋は違いますよ」

「存じておりまする」

「客も違うのです。妾奉公を望む女は、皆男を知ってますよ。男を知った女は、変わるのです。身体つきはもちろん。なにより、目がね。男に媚《こ》びるようになる。客商売になれた女が、愛想《あいそ》よくなるのと同じ」

「…………」

黙って番頭が聞いた。

「さっきの女《おなご》は、そうではなかった。目が不安で震えていましたね。あんな目を落ちるところまで落ちた女はしません。妾になる女は、己が金になると知っています。いざとなれば、身体を差し出せばいいとわかっている。そんな女は、不安を持ちません」

「気がつきませんでした」

番頭が肩を落とした。

「いずれ、おまえは、この店を継ぐことになるんだからね。しっかりと見極める目を持たなければならないよ」

「へい」

諭《さと》す昼兵衛に、番頭が強く首を縦に振った。

「おい、旦那《だんな》に白湯《さゆ》を」

番頭が裏へと声をかけた。

「疲れたね」

番頭が譲った帳場の前へ、昼兵衛が座った。

「佐々木《ささき》さまは、いかがでございました」

「困ったお方だねえ」

簡便な説明を昼兵衛がした。

「で、佐々木さまはなにを」

「十日前にお世話した妾が気に入らぬので替えろと」

「なにを……」

番頭が驚愕《きょうがく》した。

「こちらがお勧めした妾ではなく、ご自身であの女を選ばれたのではございませぬか」

「そうなんだけどねえ。妾屋のしきたりもあのお方は破ろうとしておられる。売りものに買いものなんだから、合わないときもあるのはしかたない。しかし、そのときは、妾に手切れの金を渡して、別れてから新たな妾を探すのが決まり。それを知っていながら、ご老中さまの懐刀《ふところがたな》という立場を利用して、無理を通されようとしている。妾がよくなかったのだから、金を返せ。そのうえで、もっといい女を紹介しろ。どこまで厚かましいのやら」

昼兵衛があきれた。

「ご老中さま相手は……」

妾屋を管轄する町奉行は老中の配下である。町奉行所に目を付けられれば、妾屋を続けていくのは難しい。番頭が退《ひ》いたのも不思議ではなかった。

「…………」

冷たい目で昼兵衛が番頭を見た。

「おまえは、うちに来て何年だい」

「七年になりまする」

「……七年もなにを見ていたんだい」

厳しく昼兵衛が番頭を叱《しか》った。

「…………」

番頭が沈黙した。

「もう少し商売を教えたら、店を譲って隠居しようと思っていたんだが……まだまだだった。私も男を見る目はないねえ」

昼兵衛が自嘲《じちょう》した。

「前も言ったはずだよ。妾屋は、女の涙の上前《うわまえ》をはねて商《あきな》いをしていると」

「……は、はい」

大きく番頭が首を縦に振った。

「女を守らない妾屋に、身体を預けてくれる者はいないよ。妾屋も商売だ。品物がなければ、店を閉めるしかない」

「ですが、ご老中さまのご機嫌《きげん》を損ねるのは」

「ご老中さまを抑えられるお方くらい、いくらでもおられるだろう」

「へっ」

番頭が奇妙な声をあげた。

「まともにご老中さまとやりあって、妾屋風情《ふぜい》が勝てるわけはない。といって、女を守れなくても負け。ならば、勝てるお方にすがればいい」

昼兵衛が語った。

「いいかい。妾屋に恥も外聞《がいぶん》もないんだよ。土下座ですむなら、地べたに額《ひたい》を押しつければいい。他人の力を借りてもいい。己が指さして笑われるくらい、どうということじゃない。その肚《はら》がないなら、他の商売に替えなさい」

「……へい」

重い声で番頭がうなずいた。

「大月《おおつき》さまはお見えになったかい」

「いいえ」

問われた番頭が首を振った。

「今は、どこの用心棒をお務めだい」

「ちょっとお待ちを」

手早く番頭が帳面をくった。

「両国橋袂《たもと》の播磨屋《はりまや》さんでございます」

「播磨屋さんか。酒問屋さんだね。いつまでになっている」

「……明日までの日限《ひぎり》で」

「そうか。明日は節季だね。掛け取りか。妾屋は現金払いが常だから、忘れてしまうね。なら、明後日にしようか。三日ほどなら佐々木さまも我慢なさるだろう」

昼兵衛が言った。

「お節さんは」

「まだ佐々木さまのところだよ」

「よろしいので」

番頭が危惧《きぐ》した。

「気に入らないと言ったんだ。まさか、気に入らない妾に手を出すようなまねはなさるまい。断りを入れた妾を抱いたなどと、他人に知られてごらんな。恥ずかしくて世間を歩けないよ。それに勝手に連れて帰れば、こちらが罪になる。精算が終わるまでは妾は奉公人だからね」

淡々と昼兵衛が告げた。

「ちょっと大月さまの長屋まで出てくるよ」

「お留守でございますよ。播磨屋さんの用心棒は住みこみのお約束でございますから」

雪駄を履いた昼兵衛に番頭が声をかけた。

「なに、言伝《ことづて》を頼みにいくだけだよ。大月さんへ話を確実に伝えてくれる人がいるからねえ」

笑いながら昼兵衛が、店を出て行った。

山城屋から一度表通りへ入り、少し歩いたところにある米問屋の裏が大月の住む長屋であった。

「ごめんなさいよ。八重《やえ》さま、おいでてございますか」

奥から二軒目の長屋の戸障子《としょうじ》の外から昼兵衛が声をかけた。

「はい。どなたさまでございましょう」

すぐに戸障子の向こうで返答がした。

「おられましたか。山城屋でございまする」

「山城屋さんですか。今開けまする」

名乗りを聞いて、戸障子が開けられた。

「ご無沙汰《ぶさた》をいたしております」

顔を見せた八重がていねいに腰を折った。

「いえ。こちらこそ。お仕事のおじゃまをいたしまして申しわけもございません」

昼兵衛が詫びた。

「どうぞ、縫いものに少し飽きてきたところでございましたので」

気にしないでいいと八重がほほえんだ。八重は仕立てを受けて、その手間賃で生計《たつき》をたてていた。

「おかまいなく。すぐに失礼をいたしまする」

戸障子を開けたまま、昼兵衛は長屋のなかへ入った。

「わたくしの相伴《しょうばん》をお願いしまする」

遠慮を八重がいなした。

「白湯など」

「おそれいりまする」

差し出された湯飲みへ、昼兵衛は一礼した。

「いかがでございまする。長屋のお暮らしは」

「昔に戻っただけでございますれば、どうというほどのことでもございませぬ」

訊かれた八重が首を振った。

八重は浪人の娘である。家の跡継ぎである弟を世に出すには、学問だと考え、その費用を稼ぐため、山城屋をつうじて先代の伊達《だて》藩主斉村《なりむら》の側室となった。そのころ、相次ぐ天災で、藩庫が底を突いた伊達家では、十一代将軍家斉《いえなり》の息子を養子に迎えて幕府からの援助をもらおうとする一派と、代々の血筋を守ろうとする家臣たちの間で争いが起こっていた。その騒動に巻きこまれた八重は、伊達家江戸番馬上であった大月新左衛門《しんざえもん》と昼兵衛の活躍で命長らえ、相当な手切れ金を得て、側室の立場から解放された。

「そう言っていただけると助かりまする」

昼兵衛がほっと息をついた。

いかに藩政が火の車とはいえ、藩主の側室ともなると、専用の局《つぼね》を与えられ、身のまわりの世話をする女中を付けられる。さすがに着物を毎月仕立てるなどの贅沢は許されないが、それでも働かずに喰《く》えるのだ。女のなかには、大名の側室となることを出世だと考え、長屋暮らしを鼻先で笑う者もいる。対して八重は、弟のために身を売ったのであり、入り用の金さえあれば、己の生活は気にしていなかった。

「本日はなにか」

少しして八重が質問した。

「はい。申しわけないのでございますが、大月さまにご伝言をお願いいたしたいのでございまする」

「大月さまに」

藩命に逆らって八重を守った新左衛門は、伊達家より放逐され、浪人となった。家禄《かろく》も住居も失った新左衛門は、昼兵衛の斡旋《あっせん》で八重と同じ長屋にところを定め、山城屋の紹介する用心棒で糊口《ここう》をしのいでいた。

「お仕事お願いいたしたく」

「それはけっこうなことでございますね」

八重が笑った。

長屋の住民にとって、何より恐ろしいのが、仕事のないことであった。八重の仕立てもそうだが、用心棒などそのさいたるものであった。

禄を離れた武士ほど役に立たないものはなかった。田を耕せるわけでもなく、ものを作れる技もなく、商いで儲《もう》けを出す術《すべ》さえ知らないのだ。かといって日雇いの人足仕事は、矜持《きょうじ》が邪魔《じゃま》をして引き受けない。

口入れ屋もへんに誇りをもった浪人者を嫌がる。

当然、浪人者の仕事は少なくなり、奪い合うこととなる。新左衛門のように、山城屋専属になる者は珍しい。なにより用心棒の仕事は、そう多くはなかった。江戸の町は町奉行所が睨《にら》みをきかせているおかげで、地方に比べて治安がよい。

よほど金を扱うか、貴重なものでもない限り、用心棒など求めない。なにせ用心棒の日当は高いのだ。人足仕事が一日二百文《もん》から三百文ていどなのに対し、用心棒は一昼夜で二朱から一分《ぶ》、銭の相場によって変化するが、千文内外した。金を大切にする商家にとって、用心棒とはよほどのことがない限り、使うことのないものであった。

「明後日の昼前に、わたくしの店までおいでくださるようにとお伝えを願います」

「たしかに、承《うけたまわ》りました」

背筋を伸ばして八重が受けた。

「お手を止めました。白湯ごちそうさまでございました」

きっちりとした礼をして、昼兵衛は長屋を出た。

「なかなか感触はいいようですね。大月さまへの伝言を頼まれるに、ためらいもない」

昼兵衛の顔がゆるんだ。

「新左衛門さんと八重さん、なかなかお似合いだと思うのですがねえ。八重さんには、金のために身を売ったという負い目があり、新左衛門さんには、旧主の側室という遠慮がある。このままだと、互いに近づくことなく、日を無駄に過ごすことになります。一人でいるのは、年老いてからは辛《つら》いもので」

大きく昼兵衛が嘆息した。

二

小姓《こしょう》組頭一千五百石林出羽守忠勝《でわのかみただかつ》が、町奉行坂部能登守広吉を屋敷に呼び出した。役高三千石の町奉行のほうが格上になるとはいえ、坂部能登守を大坂町奉行から引きあげたのが林出羽守であったため、表向きの身分とは逆転した関係であった。また、将軍の側《そば》に仕《つか》え、なにかと話をする機会の多い小姓組頭の権は大きい。

「あの者は、どうかと」

小姓組頭が将軍にそう言えば、簡単に役人の首が飛んだ。とくに小姓であったとき家斉の閨《ねや》にも侍《はべ》った林出羽守への寵愛《ちょうあい》は深く、それこそ、老中でさえ、機嫌を伺うだけの実力者であった。

「遅くなりました」

町奉行は激務である。御用をすませた坂部能登守が、林出羽守の屋敷を訪ねたのは、すでに四つ（午後十時ごろ）に近かった。

「いや、お疲れのところ、お呼び立てをして申しわけない」

詫びる坂部能登守へ、林出羽守が手を振った。

「いえ。で、ご用件は」

「貴殿、妾屋というものを存じておるか」

「どこでそれを」

将軍の小姓組頭の立場でかかわることはまずない。坂部能登守が驚いた。

「知っておるのか」

林出羽守が確認した。

「大坂町奉行のときに」

「ほう。どのようなものだ」

先を林出羽守が促した。

「その名のとおり、金を取って妾を斡旋するところでございまする。町人らしい下《げ》

「岡場所は仕方なかろう。男の精を発散させてやらねば、喧嘩《けんか》沙汰が増えよう。女でなければ、癒《いや》されぬ男が多いからの」

林出羽守が言った。

「しかし、博打場は、寺社や大名屋敷でおこなわれておりますので、町奉行では……」

博打は御法度《ごはっと》である。やるほうもそれは知っている。となれば、取り締まりの手の届かないところで賭場《とば》を開くことになった。

「寺社奉行では、難しいのか」

「人がおりませぬ」

坂部能登守が首を振った。

「寺社奉行さまの配下は、己の家臣でございまする。それを臨時に与力《よりき》代わりの大検使、同心代わりの小検使とするのでございますれば」

「探索などに慣れておらぬか」

「はい」

はっきりと坂部能登守が認めた。

「放っておいてもよろしいのでは。たかが庶民のやることでございますれば」

「そうはいかぬ。岡場所もそうだが、博打場は金が集まる。博打場を開いておる無頼《ぶらい》のなかには千両をこえる財を貯《た》めこんでおる者もいると聞いた」

　提案する坂部能登守へ、林出羽守が述べた。

「天下泰平の今、武力よりも金の力がものを言う。そして将軍家を始めとする武家は金を持っていない」

　百年前から武家の財布は減少を始め、今や枯渇していた。

「金がないゆえ、町人から借りる。となれば、大名といえども町人に頭があがらなくなる」

「…………」

「貴殿も借財はあろう」

「……はい」

　大坂町奉行を始め、遠国《おんごく》奉行というのは、江戸と任地の二重生活を営まなければならないため、金が要《い》った。

「金を借りた相手から、なにか頼まれれば、融通をきかさねばなるまい」

「そ、そのようなことは……」

町奉行が恣意で動いたとなれば、信用は地に落ちる。あわてて坂部能登守が否定した。

「まあよい。そのときにならなければわかるまい」

林出羽守はそれ以上追及しなかった。

「聞けば、大名の姫が、利息代わりに商人の妾になっているという」

「まさか」

坂部能登守が驚愕した。

「驚くほどのことでもあるまい。世間ではいくらでもあることだろう。借金の形《かた》に娘が吉原へ売られる、岡場所へ身を沈める。遊女に訊いてみよ、三人に二人はそうだと言うぞ」

「それは……」

言われて坂部能登守が詰まった。

「武家の姫を商人が身体の下へ組み敷く。これがどういうことかわかるか」

「身分の崩壊」

「そうだ」

坂部能登守の答えに、林出羽守がうなずいた。

「これが商人であったならばまだいい。便宜上の士分を与えればすむ。しかし、無頼の場合はできぬ。まっとうな世間に生きていない者を我らと同じ身分とするわけにはいかぬ。忠義など端《はな》から持っていない者が、武家としての権を手に入れるなど許せぬ。想像してみろ。金で買われた大名の姫と無頼の間に子ができ、その子が大名を嗣《つ》いだら……その大名に娘ができ、将軍の御台所《みだいどころ》となったら……その御台所が男子を産んで、次の将軍となったならば……我らは無頼の子孫に忠誠を誓わねばならぬことになる」

「……とんでもない」

顔色を青ざめさせて坂部能登守が否定した。

「なにをすればいいか、おわかりだな」

「賭場の手入れができぬならば、外へ出てきた無頼どもを捕まえましょう」

坂部能登守が言った。

「もう一つ。賭場も客がいなければ成りたたぬ。博打に手出しをする商人、職人も厳しく取り締まれ」

林出羽守が付け加えた。

「お任せを」

引き受けた坂部能登守が帰っていった。

「あやつはこのていどがせいぜいか」

一人になった林出羽守が嘆息した。

「吾《われ》が妾屋のことを訊いたとき、その真意を悟れぬようではな。家斉さまの側近とするには、力不足じゃ」

冷めた茶を林出羽守がすすった。

「なにより、先ほどの仮定の話の穴にも気づかぬとは。上様の御台所となられるお方に、そのような傷がある者を選ぶはずはなかろうが。無頼の血は、決して尊き脈には混じらぬ」

林出羽守が断じた。

「手足が使えぬとなれば、吾が動くしかないか」

冷静な声で林出羽守が独《ひと》りごちた。

江戸は女日照りであった。

もともと田舎の漁村でしかなかったところへ、徳川家康が入ってきたことで、一気に二百万石の城下町になった。

たちまち家臣たちの住むところに困った家康は、普請をおこなった。となれば、人足がいる、大工がいる、左官がいる。そして職人たちは男ばかりである。

続いて人が集まれば、食いものや着るものが要る。それらを扱う商人が集まってくる。だが、まだときは乱世なのだ。か弱い女や子供を連れてくる者はいない。

江戸は始まりから男ばっかりだったのである。

やがて天下の城下町となり、乱世も終わったことで女たちも流入してきたが、それで最初からの男女差を埋めるにはいたらない。

また、参勤交代も男の増大に拍車を掛けた。

一年の江戸勤務に妻や家族を連れてくる者はまずいない。単身赴任が当然なのだ。

こうして、江戸の女日照りは、一向に解消されなかった。

絶対数が少ないだけに、よほど裕福か、腕のある者、力を持つ者でもないと、妻を娶《めと》ることなどできない。江戸の男のほとんどは、毎晩、己の毛ずねを抱いて寂しく独り寝するしかなかった。

そんななか妻だけでなく、妾まで持つ男は、羨望《せんぼう》とそしりの対象であった。

「聞いたか」

「和泉屋《いずみや》の話か」

「おうよ。また若い妾を囲ったというじゃねえか」

雨で仕事に出られない職人たちが、煮売り屋の味門《あじと》に集まっていた。

「この間、一人引導を渡したところだっただろう。あれからまだ半月ほどじゃねえか」

事情を知らない別の職人が目を剝いた。

「作蔵、知らなかったのかよ。前の妾は、いまの妾を迎えるのに邪魔だから首になったらしいぜ」

「本当かよ、喜平」

「だそうだぜ。いきなり首になった前の妾は、泣く泣く出て行ったそうだ」

喜平が付け加えた。

「その妾はどこに行った」

「それを訊いてどうしようってんだい、作蔵」

職人が首をかしげた。

「慰めてやろうと思ってよ」

「なにを使って慰めるつもりだぁ」

じろっと喜平が作蔵を見た。

「もちろん、おいらの腰の銘刀よ」

「てやがんでえ。鞘《さや》に戻そうにも曲がって入らない根性なしのくせに」

喜平がからかった。

「あんまり馬鹿騒ぎしないでおくれよ」

味門の女将《おかみ》が、酒の追加を持ってきながらたしなめた。

「それにあのお妾さんなら、追い出された足で山城屋さんへ行ったよ」

「妾屋昼兵衛へかい」

女将の言葉に作蔵が顔をしかめた。

「へんな手出しは、命取りになるよ」

「しかたねえ。ようやく、おいらにも春が来るかと思ったんだけどなあ」

作蔵が酒を呷《あお》った。

「あきらめな。それに言うじゃないか。女がいいのは小半刻《こはんとき》だと。その点酒は、一日気持ちよく過ごせるぜ」

弥助がなぐさめた。

「どうだい、このあと、皆で深川《ふかがわ》へくりこまねえか」

「岡場所か」

「八幡宮《はちまんぐう》さまの側の岡場所に、いい女が入ったそうだぞ」

「そいつは見逃せねえ。よし、行くぜ」

元気を取り戻した作蔵が、立ちあがった。

職人たちが出て行くのと入れ替わりに、昼兵衛と大月新左衛門が、暖簾をくぐって入ってきた。

「いらっしゃいませ」

すぐに女将が声をあげた。

「おや、大月さま、お仕事は終わられたので」

「ああ。昨日までで一応な」

太刀《たち》を腰から抜きながら、新左衛門は小座敷へと腰を下ろした。

「今日はなにがいいかい」

新左衛門の対面側に座りながら、昼兵衛が問うた。

「山鯨《やまくじら》が少し入りやしたよ」

調理場から主が顔を出した。

「それは珍しいね」

「昨日、秩父《ちちぶ》の山で猟師が捕まえたものを、少し回してもらいました」

主が答えた。

「山鯨……」

「おや、大月さまはご存じない」

首をかしげている新左衛門に、昼兵衛が尋ねた。

「なんだ、それは」

「猪《いのしし》でございますよ」

「……獣か」

新左衛門が嫌な顔をした。獣肉を食べる習慣は、武家になかった。

「おいしいものでございますよ。それに身体に精も付きまする」

「しかしなあ……」

「主、任せるから、うまく仕上げておくれな」

「へい」

主が調理場へと引っこんだ。

「山城屋どの、獣肉は拙者……」

「まあまあ。大月さまも今はご浪人。庶民の食べものというのも知っておかれるべきでございますよ。それに猪の身は滋養によろしゅうございます。八重さまと……」

昼兵衛が、わざと小声になった。

「な、なにを言うか」

あわてて新左衛門が否定した。

「吾はそのようなよこしまな気持ちは……」

「男が女を求めるのは自然の理《ことわり》。もてあそんで捨てるおつもりだというならば、よこしまだとおっしゃられて結構でございますが」

「なにを言うか。もてあそぶなど」

新左衛門が憤《いきどお》った。

「落ち着かれなさいませ」

女将が酒を新左衛門の盃《さかずき》に注《つ》いだ。

「ああ、すまぬ」

新左衛門が詫びた。

「……しかし、山城屋どの。あのような伝言は困る」

「なぜでございます。お訪ねしたらお留守だったので、お知り合いに伝言をお願いした。当たり前のことだと思いますがね」

しれっとした顔で昼兵衛が言った。

「いなければ、今日に小僧どのでも使わしてくれればすむではないか」

「せっかく足を運んだのですよ。そのまま帰ったのでは、子供の使いじゃないですか」

「だからといって、八重さまが、吾が長屋に足を運ばれるなど……」

に戻ることを望んだ。

「八重さまの気持ちを、一番に考えてあげなければならない大月さまが、いつまでもそれでは、哀《あわ》れではありませんか。大月さまが、八重さまを主君の側室として敬っている限り、過去は生き続けるのでございますよ」

「……………」

新左衛門は黙った。

「まあ、いきなりは無理でしょうから、少しずつ。まずは、呼びかたを変えるところからいきましょうか」

「ちゃんと八重どのと……」

急いで新左衛門が言いわけした。

「それはご本人の前だけでございましょう。他ではさまづけのまま。そういうところも、何となくご本人には感じられるのでございまする」

「うっ」

「まあ、そこまでに。せっかくの食べものが冷めますので」

調理場から主が、皿を持って来た。

「これは」

「山鯨の味噌《みそ》煮込みで」

「……これは山椒《さんしょう》の香りかい」

匂《にお》いを嗅《か》いだ昼兵衛が主を見た。

「へい。味噌をするのに、山椒の木を使いました。白髪葱《しらがねぎ》を添えてございますので、一緒にどうぞ」

主が説明した。

「いただきましょう。本来ならば、お先にとお勧めするところでございますが、ここは、わたくしが箸《はし》を付けさせていただきます」

昼兵衛が猪肉をほぐして、口に運んだ。

「いいね。柔らかいし。臭みもない」

「ありがとうございまする」

褒められた主が頭を下げた。

「さあ、大月さまも」

「……ううむ」

箸を持ったまま、新左衛門は躊躇《ちゅうちょ》した。

「ここで山鯨を召しあがらなければ、生涯お口にされることはなくなりますよ。それでは、何一つ変わりませぬ」

「それほどのことか」

先ほどの八重とのことにかけていると理解した新左衛門が苦笑した。

「……もらおう」

新左衛門が箸を出した。

「…………」

目を閉じて、新左衛門が猪を食べた。

「うまいな」

「でございましょう」

昼兵衛が笑った。

「乱世のころは、武家の方々もよく召しあがったと聞いております。殺生《せっしょう》に繋《つな》がるので、昨今は避けられているようでございますが、山鯨の肉は身体にもよく、薬食いとも呼ばれておりますほどで」

主が説明した。

「大月さまは、少しでお止《や》めなさいませ」

「なぜだ」

「精がたまって、今晩眠られませんよ」

「……まさか。そこまで」

新左衛門があきれた。

「まあ、その勢いで八重さまに夜這《よば》いをかけられるというなら、これを全部召しあがってくださってもよろしゅうございますが」

「一口でいい」

伸ばしていた箸を新左衛門は戻した。

「仕方ありませんね。なにか別のものを大月さまへ」

「へい」

笑いながら主が調理場へ戻っていった。

「ところで用件はなにかの」

新左衛門は話題を変えた。

「さようでございましたな」

笑みを消して昼兵衛がうなずいた。

「ちょっとわたくしの用心棒をお願いしたいのでございますよ」

「山城屋どののか」

すっと新左衛門が背筋を伸ばした。

「はい。少しばかりややこしい方とやりあうことになりまして」

「……ふむ」

「まあ、数日もあれば終わると思いまするが……。日当は一分で朝から夜店を閉めるまでお願いいたしまする」

「日当はそんなに要らぬ」

新左衛門が首を振った。

「いつも世話になっているのだ。だが、ただでとは言わぬ。拙者《せっしゃ》も用心棒を生業《なりわい》にしておるのでな」

「無給でなどと仰せられたら、叱らせていただくところでございました。お心遣い感謝いたしまする。では、日当は二朱で」

「けっこうだ」

昼兵衛の申し出に新左衛門は同意した。

「今日からでお願いします」

「承知」

「おまたせをいたしました。油揚げの豆腐そぼろ煮で」

主があたらしい肴《さかな》を出した。

「すり鉢で潰《つぶ》した豆腐に、葱を混ぜ、油揚げのなかに入れて煮付けたもので」

「いただこう」

待ちかねていたと新左衛門が一切れ口にした。

「これは。油の香りが、たまらぬな」

満足だと新左衛門が飲みこんだ。

三

昼餉《ひるげ》を終えた昼兵衛は、新左衛門を連れて鶯谷《うぐいすだに》へと向かった。鶯谷は上野寛永寺《かんえいじ》の山下に鴬を放したことからその名が付いたところであり、文人や趣味人の住まいや別荘の多いところであった。

「この辻《つじ》を曲がった三軒目で。大月さまは、ここでお待ちいただけますか」

「よいのか。ついていかずとも」

新左衛門は問うた。

用心棒を雇うというのだ。それなりの危機を感じているはずである。普通ならば、少しでも近くにいて欲しいと考える。

「大丈夫で。少なくとも家のなかでなにかすることはございませんよ。家のなかだとどんなに取《と》り繕《つくろ》ったところで、かかわりを否定できませんからね。その点、外ならばいくらでも強弁できます。辻斬《つじき》りだろうとか、物盗《ものと》りだろうとか、他に恨みを買っていたのではないかなどとね」

落ち着いた口調で昼兵衛が言った。

「では、周囲に気を配っておくとしよう」

「お願いいたしましょう」

昼兵衛は新左衛門を辻角に残して、三軒目の家を訪れた。

「山城屋でございまする」

格子戸《こうしど》を開けたところで、昼兵衛は声をかけた。

「待っていたぞ」

なかから中年の身形《みなり》のよい武士が出てきた。

「佐々木さま、お待たせをいたしました」

ここは、老中松平家の留守居役佐々木善太夫《ぜんだゆう》の妾宅であった。

「金は持ってきたか」

佐々木が訊いた。

「ご冗談を」

昼兵衛が笑った。

「品物に瑕疵《かし》があったのだ。売り主は商品を引き取り代金を返すのが当然。いや、迷惑料として幾ばくかの金を付けてこそ、詫びになろう」

立ったままで佐々木が述べた。

「商品が気に入らないと仰せでございますが、あの女を選ばれたのは佐々木さまでございまする。わたくしがお勧めしたわけではございませぬ」

「……なにを申すか。儂《わし》が気に入らぬと言えば、黙って金を返せばよいのだ。でなくば、どうなるかわかっておろう」

威丈高に佐々木が押さえつけようとした。

「昨日、いや、今朝方《けさがた》かもしれませぬが。お殿さまからなにかお言葉はございませなんだか。あまり町屋で無理難題を言うなと」

「なにっ」

佐々木の顔色が変わった。

「き、きさまか……」

怒気を佐々木が露《あら》わにした。

「どうやって殿の耳に……」

「妾屋という商売は、思いもつかないところにご縁のできるものでございまして。御三家さまとか、御三卿《ごさんきょう》さまとか」

昼兵衛が淡々と告げた。

「くっ」

佐々木がうめいた。

「……わかった。出て行け。それで良いのだろう。二度ときさまの顔など見たくないわ」

苦虫《にがむし》を噛《か》みつぶしたような顔で佐々木が手を振った。

「わたくしも佐々木さまのお顔を拝見したいとは思っておりませんが、しきたりをお守りいただかなければ……」

「しきたり……」

「手切れ金でございまする」

「なにを言うか。たった三日のことではないか」

佐々木が言い返した。

「その三日で、六度お抱きになっておられますな」

「…………」

昼兵衛に言われて、佐々木が黙った。

「手を出さなければ、手切れ金は不要でございまする。しかし、一度でも抱いた限りは、妾。妾との縁を切るには金を出すか、そうおうのものを与えるかするのが決まり。ご存じないとはおっしゃいますまい。なにせ、今までで五軒の妾屋を渡り歩いてこられたわけでございますから」

「そんな金など出せるか」

「吉原で花魁を抱いて、金を払わないと言えばどうなるか……。素裸にひんむかれて、大門《おおもん》から放り出される。岡場所だと男たちから殴る蹴《け》るの仕置きを受けた後、身ぐるみ奪われて、川へ放りこまれまする」

「そのようなまねをすれば、店が潰れるぞ」

「いたしませぬとも。わたくしたちは、まっとうな商売でございますから」

「……ならば……」

「しかし、妾にとって身体は財産。その財産を預かるのが妾屋。財産を傷つけられて、泣き寝入りするわけには参りませぬ。では、お邪魔をいたしました。ちょっと行かなければならないところができましたので」

一礼して昼兵衛が背を向けた。

「ま、待て。どこへ行く。まさか、藩邸ではあるまいな」

佐々木が焦《あせ》った。

「藩邸など、握りつぶされて終わりでございましょう。家の恥でございますから」

昼兵衛が否定した。

「では、どこへ行くと」

「お武家さまと商家のもめ事は、評定所《ひょうじょうしょ》でというのが決まりごとで」

町奉行所は武家を取り扱わなかった。

「ひ、評定所だと……」

大きく佐々木が息を呑《の》んだ。

評定所とは、江戸城大手門を出た竜口《たつのくち》にあり、老中、寺社奉行、町奉行、勘定奉行で構成される裁定所であった。それぞれの管轄をこえる事柄の調停、政《まつりごと》でもとくに重要な問題、大名や旗本などの罪を裁くなどを担当した。

幕政最高の判断をくだすところであり、将軍以外は、その決定に異を唱えることはできなかった。

他にも、借りた金を返してくれないとか、暴力を振るわれたとか、武家と町人の間でのもめ事は、評定所の担当になった。

庶民が評定所へ武家を訴えると、旗本の場合は目付《めつけ》から呼び出される。対して、藩士の場合は、評定所から藩の重役宛《あて》に召喚状が出された。

幕府からの呼び出しである。拒否はできなかった。

しかし、評定所も町人の訴えをすべて受け付けるほど暇ではない。ほとんど、取りあげられることなく終わる。

といっても、正式に取りあげないだけであり、内々の話として、相手方の武家の所属する藩へ報《しら》せが行った。

いかに表沙汰にはなっていないとはいえ、評定所からの通達である。無視することはできない。当然、何らかの調べがおこなわれ、事実であれば、藩内で処分された。

もちろん、誣告《ぶこく》や偽りには厳重な処罰がくだされた。

「ご免を」

わざとらしく、昼兵衛が頭を下げた。

「は、払う」

佐々木が昼兵衛の肩を摑《つか》んだ。

「いくらだ」

「さようでございますね。お節さんの引き金が四両。わたくしの手間賃が二両。合わせて六両いただきまする」

「高いではないか。節の奉公代は、一カ月で一両二分。三日ならば、よくて一朱であろう」

「妾は日当じゃございません。日払いがお望みならば、どうぞ、吉原か、岡場所へお出向きくださいませ。これ以上無駄手間はお断りいたしましょう」

冷たく昼兵衛が突き放した。

「わかった。待っていろ」

妾宅の奥へと引っこんだ佐々木が、金を手に戻ってきた。

「小判六枚。たしかにちょうだいいたしました。今、受け取りを」

懐から懐紙を出して、昼兵衛が筆を走らせた。

「ありがとう存じまする。これにて、ご縁切りとさせていただきまする」

「…………」

一礼する昼兵衛を、無言で佐々木がにらんだ。

出てきた昼兵衛を迎えた新左衛門が、少し目を大きくした。

「気に入らぬことでもございったか」

「おわかりに……」

　昼兵衛が驚いた。

「気配がな。なんというか、尖《とが》っている」

　新左衛門が説明した。

「わたくしもまだまだでございますなあ。やれ、これでまちがいなく、狙われますな」

　大きく昼兵衛が嘆息した。

「どういうことかの」

　来た道を戻りながら、新左衛門は問うた。

「じつは……」

　いきさつを昼兵衛が語った。

「なるほどの。たしかに腹立たしいであろうな。とくに主君の威を借りて無理をとおしてきた輩《やから》には」

「まあ、身分ある方というのは、臆病《おくびょう》なものでございましてね。手出しをして、火傷《やけど》するよりは、終わりにしたほうがいいとお考えになられるのがほとんどなのでございますがねえ。しくじりました」

「なにをでござろう」

新左衛門が首をかしげた。

「いえ、感情を出してしまったのがよくありませんでした。ここは、商売に徹して、お金のやりとりだけ淡々とすませる。これで相手も安心する。そこに恨みや欲が入っていなければ、終わりだと確信できますから。しかし、ちょっと今回は余りのことでしたので、つい怒りを表に出してしまいました。金をもらった者が感情を露わにする。それは、まだ話は終わっていないぞとの表れに取られまする。あちらにしてみれば、これからさきもまだなにかしでかしてくるのではないかと不安になりましょう」

昼兵衛が悔やんだ。

「……気を付けねばなるまいな」

「お願いいたしまする」

「お任せあれ。用心棒は金をもらって人とものを守るのが仕事でござる」

力強く新左衛門が首肯した。

四

妾屋というのは、みょうな商売であった。

売り声も出さないし、御用聞きもしない。

売る側と買う側が、ともに妾屋を訪れ、そこで互いの条件が合う者を探す。もちろん、直接妾と客を店で会わせることはない。

客の要望に近い容姿の女を、妾屋が相手方の指定するところまで連れて行き、対面させるのだ。これを目見えと言い、そこで客が納得すれば、奉公が決まった。

妾も建前上は奉公人である。当然、給金、奉公の期間などが定められ、違反には相応の罰が与えられた。

もっとも重いのが、妾の密通である。旦那以外の男と一度でも身体を重ねれば、終わりであった。幕府の法でも妾は妻同様操を守る義務があった。もし、不義の現場を見つければ、その場で殺害しても罪には問われなかった。といっても、実際に殺すことはほとんどなかった。人死にとなれば、奉行所が出張《でば》る。そうなればことが公《おおやけ》になった。

　妾に密通された。これは男の沽券《こけん》にかかわった。いわば恥である。商家の主などにとって、これは避けたい。そこで内済にするとして相手の男から金を取った。間男の命の代金は大判一枚、相場にして七両二分と決まっていた。間男の罪は、これで清算されたが、妾はそうはいかなかった。奉公人が、店を裏切ったのと同じとして、旦那が買い与えたものいっさいを取りあげ、身元引受人へと返された。もちろん、約束した給金や引き金などはなかったものとなる。この妾が妾屋をつうじて雇い入れた場合は、妾屋にも罰は与えられた。

　客を宥《なだ》めるだけの条件を出せれば、それで終わったが、出せない場合は店をたたまなければならなかった。

　次が、客に問題があった場合である。決められた給金を払わない、体調の悪いときでも閨を強要する、身体に傷を付けようとするなどの訴えが妾からあると、妾屋は客と交渉にいどんだ。

　いきなり、妾を引きあげるのではなく、最初は話し合いでの解決をはかる。それでもだめなときは、妾を引き取り、客へ違約金を要求した。客が金を払えば、それ

「先ほどの店の娘さんなんでございますがね。妾に出ることになった原因が、借金だというのが……」

問いかけた新左衛門へ、昼兵衛が答えた。

「………」

「娘さんを吉原とか岡場所へ沈めるほどの金額じゃないので、まだいいとはいえ、普通の奉公じゃ間に合わない。年季三年の先払いしてくれるお方をとのことでございました」

「そんな客がいるのか」

新左衛門が驚いた。先に金を払って、逃げ出されたり、対応が悪かったりしては、たまったものではない。

「女次第でございますがね。おぼこの初物を好まれるお方もおられますので」

感情を見せず、昼兵衛が言った。

「といっても、そう多くはないですし。今、わたくしどものところでお取引を願っているお客さまのなかにはいらっしゃらないし……」

昼兵衛が思案に入った。

妾の奉公期間は短い。なにせ、目的が目的である。合わなかったり、飽きたりしたとき、期間が短ければ、もめごとなく、別れられる。気に入れば、延長すれば良いだけなのだ。

「これは大坂屋《おおさかや》さんにお預けしますかねえ」

大坂屋は江戸で知られた妾屋の大店《おおだな》である。昼兵衛のところと違い、取引しているる客も多い。妾屋は、奉公を望む女、女を求める男を吟味して、己のところで合わないとき、同業者へ紹介することがあった。もちろん、手数料は貰《もら》う。

「問題は、やはり金でしょうねえ。三年分の先払いとなれば、三十両はこえましょう。それだけの金額となれば、そこそこの芸者でも落籍《ひか》せられまする」

一両あれば、一家四人が一カ月余裕で暮らせる。

「すごい金だな」

浪人して、金のたいせつさに気づいた新左衛門が嘆息した。

「それくらいの金を払うお客がいないことはないんですが……」

昼兵衛が口を濁した。

「金を出したら出しただけのものを求める」

「はい。決してあの娘のためになりません」

新左衛門の言葉に、昼兵衛が首肯した。

「まあ、妾など、どう考えても、女にとってろくなことになりませんがね」

昼兵衛は苦笑した。

「山城屋どの」

少し行ったところで、新左衛門が警告を発した。

「殺気がある」

新左衛門が、前へ立った。

「山城屋だな」

両国橋へいたる手前で、目の前に人影が立った。

「さようでございますが」

商人らしく、昼兵衛が応じた。

「ちょっと世間をはばかりすぎたな」

人影が、近づいた。

「大月さま」

昼兵衛が、声をかけた。

「おい」

己を無視している刺客へ、新左衛門は声をかけた。

「どいてろ。おまえのぶんの金をもらっていない」

刺客が手を振った。

「そうか。だが、拙者は金をもらっているのでな」

新左衛門は太刀を抜いた。

「余計な手間を」

苦い口調で、刺客がぼやいた。

「しゃっ」

刺客が不意に右手を動かした。

「おう」

新左衛門は、垂らしていた刀を上へ跳ねた。

甲高《かんだか》い音がして、なにかが太刀に当たった。

「ほう、手裏剣《しゅりけん》か」

弾《はじ》き飛ばしたものへ、目もやらず新左衛門が言った。

「やるなあ」

刺客が感心した。

「でもそれまでだ」

刺客が左右の手を同時に振った。

「甘いな」

少し離れたところを通り過ぎようとしていた手裏剣を右手だけで持った太刀で弾いた新左衛門は、左手で鞘を高くつきだし、もう一つも防いだ。

「なっ」

二つを防がれた刺客が驚愕した。

「黒い手裏剣で二つを狙う。闇夜《やみよ》でなければつうじぬ手だな。だが、おまえの目がどこを見ているかを読めば、見抜くことなど簡単よ」

「…………」

新左衛門に種明かしをされた刺客が黙った。

「さて、次はなにを見せてくれる」

近づきながら、新左衛門が誘った。

「逃げるなら逃げてけっこうで。ただし、明日には手裏剣を使う刺客が、仕事に失敗して、尾を巻いて逃げたと江戸中に広まりますがね」

昼兵衛が嘲笑《ちょうしょう》した。仕事に失敗した刺客と言われては、明日から依頼する者などいなくなる。

「ちっ」

刺客が懐から小刀を取り出した。

「死ねっ」

一気に間合いを踏み出した。

「ふん」

鋭い突っこみにも、新左衛門は焦らなかった。新左衛門は、片手のまま太刀を下からすくいあげた。

「かかった……えっ」

一瞬ほくそ笑んだ刺客の顔色が変わった。

「片手薙《な》ぎは伸びるんだ。肩の入れくらいでな」

新左衛門の太刀が、刺客の下腹に食いこんでいた。

「間合いを読みきったのは見事だったが、肩を入れるぶんまで読めなかったな」

太刀を抜きながら、新左衛門が告げた。両手で構える太刀は、左右の肩の位置の関係から、一定の間合いしか持たない。しかし、片手薙ぎになれば、刀を把持《はじ》しているほうの肩を、前へのめりこませるようにすれば、しただけ間合いを伸ばせた。

それを刺客は知らなかった。

「くそう」

あふれ出てくる腸《はらわた》を引きずりながら、刺客が小刀を振りあげた。

「ぬん」

今度は両手で、新左衛門は斬った。

「かはっ」

頭を割られた刺客が崩れ落ちた。

「大事ございませんか」

恐る恐る覗《のぞ》きこみながら、昼兵衛が尋ねた。

「ああ」

太刀を拭いながら、新左衛門がうなずいた。

「どうやら、喧嘩を売られたようでございますな」

昼兵衛は厳しい声を出した。

第二章　女の裏

一

日が中天を過ぎると、三味線の音《ね》が響き出す。

すががきと呼ばれる早い調子の音色は、吉原に来ている男たちの心を浮き浮きと盛りあげていく。

「見世開けだよ。まだ、誰《だれ》も客としてあがっちゃいないよ」

「今日が初見世の妓だよ。さあ、最初の馴染《なじ》みになってやっておくんなさい」

それぞれの見世の名前を染め抜いた紺の半纏《はんてん》を身につけた男衆《おとこし》たちが、行き交う客たちを誘う。

「まあ、まあ、あっしに任せておくんなさい。決して損はさせやせん」

なかには客の手を摑んで、無理矢理見世へ連れこもうとする者もいた。

「おい」

そんな男衆に、一人の浪人者が声をかけた。

「……これは、山形《やまがた》さま」

振り向いた男衆が、愛想笑いを浮かべた。

「ずいぶんとお見限りでございました」

「仕事が忙しかったのよ」

山形将左《しょうざ》が苦笑した。

「空《あ》いてるか」

「へい。お二人とも本日は……ですが、もうお一人にしてくださいやせんか」

首肯しながら、男衆が渋い顔をした。

「ちゃんと二人分の揚げ代は払っているだろう」

「おあしのことじゃございやせんよ。しきたりに反しているのが、ちょっとまずいのでございますよ」

あたりを窺《うかが》いながら、男衆が声を潜めた。

「一人の花魁に一人の男か」

吉原では、妓と客を夫婦に見立てる。一度閨をともにすれば、妓の年季が明けるか、落籍されるまで替えることはできなかった。もっとも最下級の遊女であるちょんの間《ま》は、そんな悠長なしきたりは関係なかった。線香一本燃え尽きるまでをいくらと決めて、その間にことをすませるのだ。ちょんの間遊女は、一晩に数人から、多いときは十人近い客を取った。

「おわかりならば……」

「見つからなければよいだろうが」

小声で山形が言った。

「身も蓋《ふた》もないことを」

男衆が苦笑した。

「手を出せ。みんなで飲むがいい」

「………」

黙って男衆が、山形の出した一分金を受け取った。

「他言無用でございますよ」

「わかっている」

山形がうなずいた。

「七瀬《ななのせ》さんのお馴染みさんでござんす。お二階へお通しを」

男衆が、暖簾を手であげて、山形を通しながら、大声を出した。

「ええい。ありがとうござゐやす」

見世の男衆たちが唱和した。

「山形さま、お腰のものを」

「おう」

太刀と脇差をまとめて山形が差し出した。

かつて吉原の花魁に振られた侍が、刀を振り回して大惨事を引き起こした経験から、吉原の見世では登楼前に両刀を預かる決まりになっていた。

「綾乃《あやの》さんに叱られても知りやせんぜ」

刀を受け取った男衆が囁《ささや》いた。

「拙者のせいではなかろう。七瀬の名前を出したのは、表のあいつだぞ」

山形が苦笑した。

「…………」

無言で綾乃が拒んだ。

「とにかく、拙者の出した金のぶんは、相手をしろ。その後は生きようが死のうが勝手にすればいい」

「わかった」

こうして山形は二人の馴染みを持った。

「主さま、おいでなさいませ」

部屋で七瀬が出迎えた。

「おう。一カ月ぶりか」

「前のお出《い》でから、三十四日になりんす」

七瀬がすねた。

「そうかあ。妾番だったからの」

「妾番……あちきではない他の女の側に」

嫉妬《しっと》を七瀬が見せた。

「仕事だ。仕事。それより、着替えさせてくれ」

「……あい」

まだ軽くにらみながら七瀬が、乱れ箱へと向かった。

先ほど大声で山形の来訪を告げたのはこのためであった。

吉原では、馴染みとなった客のために、専用の浴衣《ゆかた》、湯飲み、箸を用意した。もちろん、遊女一人に馴染み客は何人もいるので、すべてを部屋に置いておくことはできない。来た客に合わせて、男衆が入れ替えるのだ。

「どうぞ」

すばやく着流しを脱いだ山形の背後に立った七瀬が浴衣を着せかけた。

「………」

そこへ無言で綾乃が入ってきた。あからさまに機嫌が悪かった。

「おう」

前をはだけたままで山形が手を上げた。

「………」

挨拶もなく、綾乃が山形の浴衣の帯を七瀬から奪い取り、締めた。

「前回も、七瀬さんの部屋でありんした」

出迎えの者たちが、片膝《かたひざ》をついて頭《こうべ》を垂れた。

「大儀である」

玄関式台に置かれた駕籠《かご》から、老中松平伊豆守《いずのかみ》信明《のぶあきら》が降りてきた。

「なにもなかったか」

松平伊豆守が、家老へ問うた。

「三件ほど、お目にかかりたいとのご要望がございました」

家老が答えた。

出世を願う者、なにか頼みたいことのある者が、老中に伝手《つて》を求めて屋敷を訪れるのは日常茶飯事であった。

「そうか。任せる」

奥へ向かって歩きながら、松平伊豆守が言った。

「承りましてございまする」

一礼して家老が足を止めた。

「佐々木、ついて参れ」

家老の後にいた佐々木へ、松平伊豆守が命じた。

「はっ」

佐々木がしたがった。

「顔色が悪い。失敗したか」

「申しわけございませぬ」

着替えながら確認する主君へ、佐々木が詫びた。

「よくないの。懇意にしている小姓から報せがあった。小姓組頭の林出羽守が、あの妾屋とかかわりを持っているそうだ。林はまだ小身者《しょうしんもの》だが、上様の寵臣。林の意見なら上様は拒まれぬ。妾屋の一件は上様の耳に入るまでになんとかせねばならぬぞ」

すでに老境に入っている松平伊豆守は、よほどのことがない限り感情を露わにしない。だが、側近くに仕える者は、その口調で気づく。

「次はかならず」

佐々木が頭を下げた。

「……これ以上、儂に恥をかかせるな」

「畏《おそ》れ入《い》りまする」

少しの間に佐々木が震えた。

「儂も少し動いては見るが、あまり派手なまねもできぬ。妾屋は要りようなのだ。多くの大名や旗本の血を絶やさぬためにもな」

「…………」

「だが、それをはき違えてはならぬ。あくまでも妾屋は世間の裏。表に堂々と出てきてはならぬ。御三家家中《かちゅう》の名前を使うなど論外なのだ。幕政のすべてに責任を持つ余を、脅しにかけるなど言語道断。そのような輩は許しておけぬ。執政が一介の商人に膝を屈したなどと言われるわけにはいかぬのだ」

先日、松平伊豆守は、城中で御三家尾張《おわり》家当主から、家中の者が貴家の留守居役どのとなにやらあったようでござれば、よしなにと言われていた。老中といえども、御三家には遠慮しなければならない。屋敷へ戻った松平伊豆守は、あわてて留守居役を集め、もめ事の詳細を知った。

「御三家はまだいい。遠慮せねばならぬ相手ではあるが、政に口出しはせぬ。だが、林はよくない。妾屋が林にすがるまえに、どうにかいたせ。林の口から上様の耳へ入れば、吾が身は破滅じゃ」

「はっ」

佐々木が首肯した。

「命に替えても果たせ。行け」

「ご免くださいませ」

手を振られて、佐々木が下がった。

「うまく片付けられれば、江戸から離し、国元へ返してやろうと思ったが。これ以上失敗するようならば……しかたない、もう一手打っておくか。長く干されていたやつがいたの。妾を頼んで不思議もない。あと、今度は藩から見張りを出さねばなるまい。失敗されてはたまらぬ」

冷たい顔を松平伊豆守がした。

「用人の葉山庄作《はやましようさく》をこれへ」

松平伊豆守が手を叩いた。


主君の前から詰め所へ戻った佐々木を同役が待っていた。

「お叱りを受けたか」

暗い顔の佐々木へ、同僚が訊いた。

「…………」

無言で佐々木が腰を落とした。

老中や外様《とざま》の大藩ともなると、留守居役も数人いた。留守居役を無事に勤めあげれば、その多くは用人へと出世していく。老中の用人ともなれば、その力は小さな外様大名をもしのぐ。そこでさらに主君が満足すれば、家老にもなれるのだ。留守居役はまさに藩の俊英の集まりであった。

「新たな刺客を紹介するか」

「いや、伝手ならまだある」

佐々木が拒んだ。

ここで同僚の手を借りるわけにはいかなかった。それは、己の能力不足を自白するに等しく、藩の対外対策のすべてを担う留守居役として、不十分と言われかねない。

藩の金で、飲み食いのみならず、吉原で女を抱くことも許されているうえに、後々の出世も約束されている留守居役を狙っている者はいくらでもいた。

また、同僚に借りを作るのは、あとで数倍にして返さなければならなくなる。

「では、お先に。両国の井筒屋《いづつや》で細川さまのお留守居と約束をしておるのでな」

声をかけた同僚が、留守居役の控えを出て行った。

「もうそんな刻限か。儂も吉原へ行かねばならぬ」

別の同僚も立ちあがった。

すでに他の留守居役は、朝から出ているとかもあり、いなくなっていた。一人残った佐々木は、小さく嘆息した。

「なんとしてでも失点は取り返さねば。このままでは、留守居役を外されるだけではすまぬ。国元へ返されて生涯閑職においやられる」

江戸で生まれ育った佐々木にとって、国元はあまりに遠く、田舎であった。

「…………」

無言で控えから勘定方《かんじょうかた》の詰め所へと佐々木は移動した。

「金でございまするか」

勘定方が、難しい顔で佐々木を迎えた。

湯水のごとく遊興に金を遣う留守居役は、勘定方から嫌われている。

「殿のご命令である」

佐々木が強く言った。

「……いかほどご入り用か」

主君の名前を出されてしまえば、勘定方も否やは言えなかった。

「三十両」

「……三十両」

勘定方が息を呑んだ。

武家でもっとも最下級の奉公人の年収は、三両二人扶持である。それから考えて、三十両は高額であった。

「文句でもあるのか」

険《けわ》しい目つきで、佐々木が勘定方をにらみつけた。

「……いいえ」

藩でも家老と用人に次いで力のある留守居役に逆らうのは、後々まずかった。勘定方は渋々部屋に作り付けられている金庫から小判を三十枚出した。

「お受け取りにお名前を」

「わかっている」

藩の公金である。たとえ十文でも出すには受け取りが要った。

手早く佐々木が署名した。

金を手にした佐々木は、藩邸を後にして、夕暮れの町を四谷《よつや》へと向かった。四谷には幕府小身の御家人《ごけにん》たちの組屋敷が多くあった。そのため、剣や槍《やり》の道場も乱立と言えるほどあった。

「先生はご在宅か」

そのうちの一つ、槍道場へと佐々木は訪《おとな》いをいれた。

「どなたか。これは、佐々木どのではないか」

なかから内弟子が出てきた。

「師範どのは」

「奥におられまする。どうぞ」

内弟子の案内で、佐々木は道場の奥へと進んだ。

剣術を始め、ほとんどの武術で、道場の稽古《けいこ》は午前中に終わる。昼からは、内弟子や、勤務のつごうで、朝のうちに来られない弟子たちくらいになる。それでも数名は稽古しているのが普通であった。

佐々木の訪れた道場には、人気《ひとけ》がなかった。

「先生、佐々木どのでございまする」

奥の居間前で内弟子が伝えた。

「お入りいただけ」

なかから許可の声がした。

「ご免を」

内弟子の開けた襖《ふすま》を佐々木はこえた。

「ご無沙汰をいたしております。先生」

佐々木が膝をついた。

「稽古に来ぬの。お役目に忙しいというのはわかるが、手を抜けば、すぐに穂先はさび付く」

書見をしていた宝蔵院流槍術《ほうぞういんりゅうそうじゅつ》師範、加賀俊斎《かがしゅんさい》が佐々木を見た。

「お教え心にしみまする」

師匠の言葉に、佐々木が頭を垂れた。

「で、今日はどうした。あまり顔色がよくないが」

「…………」

「遠慮せずに申せ」

口籠《くちご》もる佐々木を俊斎が促した。

「お力をお貸し願いたく」

「槍のか」

「……はい」

小さな声で佐々木がうなずいた。

「……仕合《しあい》を」

佐々木が口にした。

「誰とだ」

「浪人者でございまする」

「……おぬしとのかかわりは」

「少しばかりの遺恨がございまする」

問われて佐々木が答えた。

「……遺恨」

俊斎が、じっと佐々木を見た。

「おぬしは、宝蔵院流の目録だ。初伝はすべて終えておる。そのあたりの浪人者に後《おく》れを取るとは思わぬが」

「主持《しゅうも》ちの身でございますれば、わたくしが直接戦うというわけにも参りませず」

佐々木が目を逸《そ》らした。

「ふむ」

「戦ってはみたのだな」

「腕の立つ者を雇いまして……」

「刺客を使ったか」

苦い表情を俊斎が浮かべた。

「で、返り討ちにあったのだな」

「はい」

「ほう」

ほんの少し俊斎の目が拡がった。

「その者の相手を儂に頼みたいのだな」

「……はい」

ふたたび佐々木がうなだれた。

「正式な仕合でよいのだな」

「お引き受けいただけますするか」

佐々木が顔をあげた。

「恩があるでな」

「申しわけございませぬ」

俊斎の言葉に佐々木が詫びた。

乱世が終わってから、およそ二百年近い。武術の価値は大きく下がっていた。まだ剣術はよかった。武士の素養として求められるのもあり、また、近年庶民の間でも護身の術としてはやり始めていた。

対して悲惨だったのが、弓と槍であった。ともに戦場では華であったが、泰平の世では不要でしかなかった。まず、弓にしても槍にしても持ち運ぶのが面倒であった。戦《いくさ》もないのに弓など持っていれば、不審人物扱いを受けかねない。その点ではまだ槍のほうが、武士の表芸であるだけましではあったが、やはり町中《まちなか》で槍を立てているのは、目立つ。

なにより、戦がないのだ。槍や弓の出番などない。当然、習う者もいなくなる。泰平の世で求められるのは、算勘の才であり、武術ではなくなった。

当然、槍を習う者などほとんどおらず、どこの槍術道場も弟子不足に悩んでいた。有名な道場や、大名の後押しを受けている道場はまだよかったが、個人でやっている小さな道場などは、明日潰れてもおかしくない状況であった。

「すまぬ。恨みがましいことを口にした。そなたは、善意で金を融通してくれていただけであるというに」

深く俊斎が、頭を下げた。小さな道場は、裕福な弟子や、後援者などの与力でようやっと生きていた。もちろん、見返りはいる。そのお返しに、目録や免許を実力よりも早めに渡したり、用心棒のまねごとをしたりするのだ。

「承知した。ただし、闇討ちはお断りする。しっかりとした仕合といたしたい。それだけは譲れぬ」

俊斎が武芸を志す者としての矜持を述べた。

「もちろんでございまする」

佐々木が同意した。

「場所と刻限は任せてもらうぞ」

「はい。後日、相手についてお報せさせていただきます。あと、これは些少《さしょう》でございますが」

師に向かって佐々木が小判を差し出した。

「遠慮なくいただく」

そう言いながらも金に俊斎は手を伸ばさなかった。


小姓組頭林出羽守忠勝は、十一代将軍家斉と将棋を指していた。

将軍の一日は、判で押したように同じであった。朝起きて、洗顔をすませた後、朝食の前に大奥の仏間で先祖へ手向《たむ》けをし、そのあと中奥へ戻って朝食、続いて老中たちから持ちこまれる政の決裁となる。それが終われば昼食である。昼食を終えた後、夕餉《ゆうげ》までの間は、好きなことができた。剣術の稽古、書見、囲碁将棋、雑談など、将軍の望みに応じて小姓たちが動いた。

「いいや」

にやりと家斉が笑った。

「小姓どもをお試しになられるのは、少しお控え願いたく」

あきれた口調で林忠勝が述べた。

「小姓ていどしか、躬の側におらぬではないか。老中と将棋を指そうにも、あやつらは忙しいと躬の相手などしてくれぬしの」

家斉がすねた。

「上様……」

林忠勝が、家斉をたしなめた。

「わかっておる。しかし、他にすることがないのだ。将軍とはここまで退屈なものとは思わなかったぞ」

「将軍家がお暇をもてあまされる。これこそ天下泰平の証《あかし》ではございませぬか」

「躬は飾りか」

不満そうに家斉が言った。

「飾りでいていただきまする」

「……はっきり言うの」

寵臣の答えに、家斉は怒らなかった。

「飾りはお動きにならずとも、我らがおりまする」

「そなたの隠《かく》れ蓑《みの》か、躬は」

家斉が笑った。

「上様がお手を汚されてはなりませぬ」

はっきりと林忠勝が告げた。

「それは、わたくしの任でございまする」

「よいのか。汚れ役を出世させてやることはできぬぞ。なにせ、表沙汰にできぬからの。功績に報いてやれぬ」

「出世などかまいませぬ」

林忠勝が断言した。

「すまぬな」

家斉が感謝を口にした。

「すべては、わたくしに」

「事情くらいは報せよ。そなたの動きを阻害するような令を出すわけにはいかぬからな」

「かたじけない仰せ」

一膝下がって、林忠勝が平伏した。

「で、なにをしておる。どうやら、伊豆守をけしかけておるようだが」

「お見通しでございましたか。畏れ入りまする。お気に留めていただくほどのことでもございませぬが……」

林忠勝が恐縮しながら、語った。

「ほう。妾屋という商売があるのか。おもしろいの」

聞き終わった家斉が笑った。

「その妾屋と伊豆守の家中でもめごとがあったよし。そこで少し煽《あお》ってみたのでございまする。妾屋がどこまでやるのか。その妾屋とは少しばかり縁がございまして。拝領品を利用して、大名どもに手を仕掛けたときに」

かつて林忠勝は拝領品を形に金を借りている大名たちを罠《わな》にはめるため、金を貸している商人のもとへ、妾に扮《ふん》した伊賀者《いがもの》の女忍を入れた。それに、昼兵衛と新左衛門の二人がかかわった。そのときの対応を林忠勝は気にいっていた。

「しかし、そなたが気にするほどのものとは思えぬが。所詮《しょせん》、妾を斡旋するだけのことであろう」

家斉が疑問を呈した。

「大名の側室の何人かは、妾屋をつうじて求めたとのことでございまする」

「伊達のことなら聞いたな」

仙台の伊達斉村が、実子を得るため妾を求めたことは、家斉も知っていた。

「それがどうかしたのか」

ふたたび家斉が問うた。

「大名の側室を出す専用の妾屋を創設いたそうかと勘案いたしまして」

「どういうことじゃ」

「大名の側室はすべからく、その妾屋から出すとすれば、どうなりましょう」

「なにが言いたい」

家斉の声が低くなった。

「その妾屋を幕府が……」

「……ふむ」

林忠勝の言葉に、家斉が小さく唸《うな》った。

「神君家康公の御世《みよ》から、大名の正室は幕府の許しがない限り決められませぬ」

大名同士の婚姻は、強力な同盟でもある。初代徳川家康は、大名と大名が結びつくことを警戒して、その婚姻に規制をはめた。婚姻をなしたいと考える大名は、まず幕府へ届け出て、その許しを得なければならなかった。

「側室まで、幕府が決めようと」

「はい」

はっきりと林忠勝が首肯した。

「できるのか。大名どもの反発を買うぞ。老中、若年寄《わかどしより》といえども、役目を離れればただの大名でしかないのだ。御用部屋が納得せねば、絵に描《か》いた餅にもならぬぞ」

「納得させるのでございまする」

「どうやって」

自信ありげな寵臣へ、家斉が訊いた。

「幕府の妾屋から出された側室が産んだ子供は、届け出なくとも跡取りとして認めてやればよろしいのでございまする」

「末期養子《まつごようし》の禁を解除してやると」

家斉が確認した。

末期養子の禁とは、幕府の祖法の一つであった。大名、旗本の当主は、その死の前に跡継ぎを届けておかなければならない。届け出前に当主が死亡した場合、家の相続は認められず、改易された。

幕初、末期養子の禁は厳格に適用されていた。徳川家康の四男で尾張五十二万石の藩主だった忠吉《ただよし》は、関ヶ原の合戦で受けた傷がもとで二十八歳の若さで死去した。しかし、跡継ぎがいなかったため、尾張松平藩は改易となった。

家康の子供でさえ例外とはされなかったのだ。どれほど多くの大名が、跡継ぎがないことを理由に改易されたかは想像に難くない。

もちろん、改易した所領は幕府へ収公される。これも参勤交代同様、逆らう大名を減らし、幕府の力を大きくするための手段であった。

だが、厳格な運用の結果、かえって幕府の屋台骨を揺らす事件の引き金となった。世に言う由比正雪《ゆいしょうせつ》の乱であった。

三代将軍家光《いえみつ》の死去直後に起こった軍学師範由比正雪を中心とする謀叛《むほん》は、全国にあふれていた浪人者たちを戦力としていた。謀叛は、事前の訴人によって未然に防がれたが、浪人たちの不満の高さを知った幕閣は震撼《しんかん》した。

幼き四代将軍家綱《いえつな》の傅育《ふいく》と幕政顧問の役にあった会津藩主保科正之《ほしなまさゆき》は、事態を憂慮し、末期養子の禁を緩和した。

といっても、末期養子の認可には条件があった。死後の養子は認められなかった。また、末期養子の願いが出た場合、幕府から上使が出され、その目で当主の生存と養子縁組の意思を確認した。さらに末期養子を許されるのは、当主が十七歳から五十歳までとされていた。後、年齢の限定は取り払われたが、末期養子として嫡男となったものが、家督を相続する前に死去した場合、あらためての養子は許可されなかった。

「大名どもにとっては、ありがたいか」

家斉が呟《つぶや》いた。

「いえ。家臣たちにとってなによりでございましょう」

淡々と林忠勝が述べた。

乱世は終わり、泰平となった。命を懸けて戦い、主家を守り、手柄を立てて出世していく時代は去った。戦がなくなったため、出世の機会も減ったが、負けて家が滅びる怖れも消えた。大名に仕える家臣にとって、主家が存続する限り、子々孫々まで禄を受け継いでいけるのだ。つまり、主君ではなく、家を、藩を維持することが大事になった。

「主家が潰れれば、己たちは浪人となりまする。そして、一度浪人となった者の再仕官はまずございませぬ」

「だの」

林忠勝の言いぶんに家斉が同意した。

「家臣にとって、主君の跡継ぎは、まさに生き死ににかかわるのでございまする。そこに末期養子の許しをもった女がいれば……」

「喉《のど》から手が出るほど欲しかろうな」

家斉が続けた。

「その側室に幕府の紐《ひも》が付いていようともな」

小さく家斉が笑った。

「はい」

理解した家斉へ満足そうに林忠勝がうなずいた。

「幕府公認の側室。そして、その側室の子供は、無条件で嫡子として認められる」

林忠勝が続けた。

「もし、正室にも側室にも子ができなかったとき、大名は養子を取りまする」

「だの」

「その養子縁組を認めるのは、上様でございまする」

「……忠勝よ」

家斉がじっと林出羽守を見た。

「躬が養子を許さなかったとしよう。あるいは、養子の話が出る前でもいい。そのとき、幕府の妾屋から出た側室が養子を取ったとしたら……」

「そのご養子が世継ぎとなりまする」

飄々《ひょうひょう》と林忠勝が告げた。

「側室が、躬の子供を養子としていれば……」

「………」

無言で林忠勝が家斉を見上げた。

「恐ろしいことを考える奴じゃ」

家斉が嘆息した。

「そのためには、妾屋というものは我らの指示で動かさねばなりませぬ。かと申して、さすがに妾屋を幕府が直接営むわけには参りませぬ。そこで、あの者たちが、妾屋を任せられる人材かどうかを見極めたいと」

「それで、伊豆守を焚《た》きつけたか」

「町奉行が使えませぬので。なにより、執政というのは、上様の代行でありましょう。いわば手足。手足が動くのは当然でございまする」

「あまり伊豆守をいじめてやるな」

寵臣へ家斉が頼んだ。

三

妾屋にも男の仕事はあった。

「山城屋」

暖簾を片手で弾いて、山形将左が顔を出した。

「お仕事でございますか。どうぞ」

笑いながら昼兵衛が、山形に敷きものを勧めた。

「吉原で十日居続けたら、金が尽きた」

小さく山形が頭を掻《か》いた。

「ご満足なさいましたか」

「ああ。当分、白粉《おしろい》の匂いは要らぬわ」

山形が苦笑した。

「こちらとしては、ありがたい限りで。妾番が女に飢えていては、危なくてしかたございませぬで」

妾番とはその字のとおり、妾が浮気をしたりしないように見張る役目である。いわば、妾の用心棒である。当然、妾の側に一日張りつくことになるだけに、間男をしないという絶対の保証がなければならなかった。

「仕事と遊びは分けておるわ」

「信用いたしておりますとも。おい、帳面を」

　昼兵衛が番頭へ命じた。

「ありがとうよ」

　番頭から受け取った帳面を、昼兵衛が開いた。

「三つございますな」

「読みあげてくれ」

「はい。一つ目は小梅村《こうめむら》の寮で病気療養中の妾の番で。日当は一日三朱。食事は向こうで用意するとのこと」

「小梅村、遠いな。次を聞かせてくれ」

　山形が断った。

「次は神田で。妾宅の用心棒として、日当は一日一分。夜食と朝食は出ますが、昼は自前で」

「けちくさい奴だな。最後のを」

　顔をしかめて山形が次を促した。

「三つ目は、すぐそこで。日当は一日一分。食事は三食出してくださるようで。妾の供で湯屋へ行かれるときは湯屋賃も持つとのこと」

「湯屋代もか。それはありがたいな」

山形が身を乗り出した。

「これになさいますか。お相手はお坊さまでございますが」

「構わぬさ。べつに坊主の番をするわけじゃない」

昼兵衛の確認に、山形は気にしないと言った。

「では、これをお持ちになって、浅草寺《せんそうじ》の手前、海光寺《かいこうじ》さまへ。そこのご住職さまが、ご依頼主でございまする」

さらさらと紹介状を書いて、昼兵衛が渡した。

「で、妾はどんな女だ」

「お妾は、お歌《うた》さんと言いまして。今年で十八歳。本所《ほんじょ》の材木職人の三女で。色白で小柄ですが、男好きのする身体つきをしております」

感情のない声で、昼兵衛が説明した。

「じゃない。他人の女の見た目なんぞ、どうでもいい。なにか、気にしておくべき事情はないかと訊いている」

「…………」

　昼兵衛が笑った。

「一つだけ注意をお願いしたいことが。妾のことじゃございません」

「妾のことじゃない。となると、雇い主か」

　すぐに山形が覚《さと》った。

「妾にかかわることならば、そのすべてをわたくしは把握いたしまする。そして、妾番に伝えなければなりませぬ。なれど、雇い主の事情まではその責じゃございません」

「訊かない限り、答える義理はないと」

「まあ、お尋ねにならないようなお方に妾番をお願いすることはございませんが」

「まったく、人の悪いことだ。大月氏《うじ》には、ちゃんと教えてやれよ。あの御仁《ごじん》はまだ、世間にすれてはいない」

　あきれながら山形が言った。

「ご安心を。人を見る目はございますし。折角、山形さまに匹敵する腕前の大月さまとご縁ができたのでございますよ。大切に扱わせていただきますとも」

「少しは、こちらにもその気遣いをもらいたいものだがな」

山形が笑った。

「で、事情とは」

「ご住職さまの属しておられる宗派で、近いうちに本山の貫首《かんじゅ》さまの交代があるとか」

「なるほど。妾を囲うような破戒僧は、貫首にふさわしくないということだな」

裏の事情を山形が理解した。

「ならば、貫首になるまで妾を待てばいい」

「ご執心なのでございますよ」

昼兵衛が息をついた。

「権力と女か。どちらかで我慢していればいいものを」

「人の業でございますな」

「業をこえるのが、悟りだろうに」

山形が立ちあがった。

「まあ、仕事だ。しっかり守ってくるさ。期間は、貫首が決まるまでだな」

「はい。おそらく十日から十五日ほどで終わるかと」

首肯して昼兵衛が述べた。

「行ってくる」

山城屋を山形が出て行った。


昼兵衛の用心棒をしばらく務めた新左衛門は、次の仕事をまだ探していなかった。日当もよく、食事も出る用心棒のおかげで、懐が温かいからである。

「大月さま」

「八重どのか」

声をかけられた新左衛門が、あわてて長屋の戸障子を開けた。

「少し煮物を作りましたので、お裾《すそ》分《わ》けに」

八重が小ぶりの鉢を差し出した。

「いや、これは、ありがたい」

新左衛門が鉢を受け取った。

「本日、お仕事には」

「今日は仕事を請けておりませぬ」

問われて新左衛門が首を振った。

「さようでございましたか。では、おじゃまをいたしました」

ていねいに腰を曲げて、八重が去っていった。

「………」

後ろ姿を見送って、新左衛門は小さなため息をついた。

「旦那、大月の旦那」

隣の戸障子が開いて、その家の女房が顔を出した。

「八重さんから、おかずのお裾分け。よかったじゃござんせんか」

「たしかに助かる。煮炊きなどせぬからの」

新左衛門が同意した。

藩士であったころは、組長屋の独身が集まって、一人の飯炊き女中を雇っていたため、米すら炊いたことがなかった。さすがに浪々の身となってからは、女中を頼むだけの余裕などなく、近隣の女房たちに教えてもらって、なんとか飯だけは作れるようになったが、おかずまではとても手が回らない。普段は、買ってきた漬けものと米だけで、食事はすませている。たまに近隣が届けてくれる煮物の残りなどは、まことに新左衛門にとって、ありがたかった。

「そうじゃありませんよ。まったく、鈍いねえ。旦那は」

女房があきれた。

「旦那が八重さんを気にしているのは、わかっているんですからね」

「な、なにを……」

新左衛門があわてた。

「隠せていると思っておられるなら、ちょっと鏡を見たほうがよござんすよ。八重さんを見るときの顔ったら……」

お歯黒の歯を見せつけて、隣家の女房が笑った。

「そ、そのような」

「で、よかったと申しあげたんでござんすよ」

抗議する新左衛門を無視して、女房が続けた。

「……よかった」

新左衛門が首をかしげた。

「女はね、嫌っている男のところへ、おかずなんぞ届けやしませんよ」

「えっ」

「いやね。あたいもね、昔は、うちの宿六のために、根深《ねぶか》を煮たりして、よく持っていったものでございましたよ。男を落とすには、口から攻めろって……」

「…………」

女房ののろけを新左衛門は聞いていなかった。

「ごめん」

さっさと戸障子を閉めて、新左衛門は長屋へ籠《こ》もった。

もらった煮物と冷や飯で昼餉をすませた新左衛門は、長屋の表に人が立った気配を感じた。

「どなたか」

腰から外していた太刀を左手で持ちながら、新左衛門が誰何《すいか》した。

「こちらは、大月新左衛門どののご自宅か」

「いかにも」

「大月どのは、ご在宅か」

「拙者がそうであるが、貴殿は」

新左衛門は、不意打ちをされても届かないよう、戸障子から三尺（約九十センチメートル）身体を離したまま、問うた。

「四谷の加賀道場より参りました」

「加賀道場……存じあげぬ」

聞いたこともないと新左衛門は答えた。

「わたくしは、師より手紙をお届けするように命じられただけでござる」

新左衛門の事情を斟酌《しんしゃく》することなく、使者は続けた。

「では、そのお手紙だけを置いていかれよ」

伊達藩を敵に回した新左衛門は、慎重であった。

「手紙を受け取らず、地に置けとは、あまりに無礼であろう」

使者が怒った。

「こちらからお願いしたわけではない。もし、拙者が留守であったならば、どうなさるつもりでござったのか」

「在宅まで何度でも来た」

「仕事のことで一カ月ほど留守にすることもある。それでも届けられたか」

「それは……」

さすがに使者が詰まった。

「となれば、戸に挟んでお帰りになったはずだ。それとどれほどの違いがある」

「在しておきながら、直接受け取らぬのは礼儀に反しておろう」

「話が終わらぬな。お引き取り願おう。手紙は受け取らぬ」

新左衛門は拒否した。

「なにっ」

使者が驚愕した。

「きさまっ」

「よいのか。暴漢として討ち果たすぞ」

戸障子に手をかけた使者へ、新左衛門が言い放った。

他人の家へ、躍りこんできたのを迎え撃つのは、侍として当然のことである。これればかりは、浪々の身でも両刀を差す者には大目に見られていた。

「ぐうう」

「帰れ。長屋の者に不審がられて、町方《まちかた》を呼ばれては困るのだろう」

武術の道場でも、主が浪人ならば、町奉行所の管轄になる。

「覚えておれ」

憎々しげに言って、使者が帰っていった。

「四谷の加賀道場と言ったな」

新左衛門は、手早く用意をすると、長屋を出た。

「旦那、先ほどのは」

ふたたび隣家の女房が顔を出した。

「お騒がせした。なにか、よくわからぬ相手であった。こちらのほうから御上へは届けて置くゆえ、もし、拙者の留守中に参ったら、相手にせず、長屋に隠れていてくれ」

「大月さまが、そうおっしゃるなら」

詫びる新左衛門へ、隣家の女房が心配そうな顔をした。

「大事ない。これでも少しは強いつもりだ」

新左衛門は笑って見せた。

店を訪ねてきた新左衛門に、昼兵衛は嘆息した。

「どうやら、ご迷惑をかけてしまったようでございますな」

「先日のからみか」

「おそらく。大月さまの関係ならば、伊達さま以外にはございませぬ。伊達さまならば、わたくしのところへ来るまでもなく、そちらでかたをおつけになりましょう」

「たしかに」

伊達藩士を何人か斬り殺したうえ、藩を脱したのだ。新左衛門あてに刺客が送られても不思議はなかった。

「しかし、一度で懲りるかと思ったのでございますがね。よほどの馬鹿か、あるいは……」

「なにか思惑があると」

「はい」

新左衛門の確認に、昼兵衛がうなずいた。

「とにかく相手のことを知らなければなりませんな」

昼兵衛が立ちあがった。

「ときが惜しいので、読売屋《よみうりや》の海老《えび》さんの長屋までおつきあい願えますか。あと、用心棒も本日より、復帰を」

「承知した」

首肯して新左衛門が、先に立った。

山城屋から読売屋の海老の長屋は近い。

「山城屋さん、なんぞ御用で」

相変わらず刷り損じた紙で床も見えない部屋で海老が出迎えた。

「少し、教えてもらいたいことがあってね」

懐から一分金を取り出して、昼兵衛が告げた。

「なんでございましょう」

遠慮することなく、海老が一分金を手にした。

「四谷の加賀道場を知っているかい」

「ちょっと縄張りをはずれやすので……」

「じつは……」

実名をあげさえしなかったが、老中の留守居役との間でもめ事が起こり、一度襲われたという話を昼兵衛がした。

「佐々木さまは、そこまで……」

四条屋はすぐに相手が誰かと気づいた。

「妾屋とのもめ事は、ないわけではございませんが、命のやりとりにまでいくことは滅多にありませぬ。金ですべての始末を付けるのが妾屋の決まり。手切れ金を渡した瞬間、妾と客は赤の他人。それくらい留守居役をおやりならば、ご存じのはず」

小さく四条屋が嘆息した。

「まあ、一度だけで終わったならば、まだよいのでございますがね。用心棒をお願いしている浪人さまのもとへ、別の刺客が……」

あきれながら、昼兵衛が言った。

「それはみょうだね」

四条屋が首をかしげた。

「ちょっとご威光を使ったのが、よくなかったのでございましょうな」

「いや、違いましょう」

はっきりと四条屋が首を振った。

「御三家さまのご威光を使ったのなら、金で後腐れなく終わるのが普通。そうでなければ、御三家さまの顔に泥を塗ることになりますからな。それでもやってくるというならば、裏にもっと切実な事情があると考えねばなりませぬな」

「はい。それでお訪ねさせていただいたようなわけで。御上が妾屋になにかされようとしている。禁止するとか」

推測を昼兵衛は述べた。

「今のご老中さまがたは、前の松平越中守定信《えっちゅうのかみさだのぶ》さまよりおだやかではございますが、庶民の贅沢には、寛容ではありませぬでな」

「はい」

昼兵衛が同意した。

「わたくしのほうでも、調べてみましょう。他にも相模屋《さがみや》さんや大坂屋さんにも報せておきましょう」

「お願いいたしまする」

「一応、この件はことの起こりである山城屋さんのお預かりとさせていただきますよ。もし、お金が入り用ならば、ご相談を。妾屋の存亡にかかわるならば、お力添えはいたしまする」

「ありがとうございまする」

四条屋の厚意に、昼兵衛は深く礼をした。

用件を終えて戻った昼兵衛を海老が待っていた。

「早いな」

昼兵衛が驚いた。

「四谷まで行ってきただけでやすから。調べるほどでもなく、すぐに知れやした」

海老が語り始めた。

「加賀道場の主、加賀俊斎は宝蔵院流の師範で」

「宝蔵院流……槍か」

新左衛門が言った。

「へい、それも近来まれに見る遣《つか》い手《て》だそうで、舞い散る桜の花びらを突いて、地面に落ちるまでに、三度してのけたとか」

「ほう」

感心した声を新左衛門が出した。

「桜の花びらを三度突いたことより、一度目で花びらを破ったり、飛ばしたりしないのが凄《すご》いな」

「そんなものなのでございますか」

槍のことなど知らない昼兵衛が尋ねた。

「ああ。槍は力まかせがいいというものではない。早さ、そしてなにより、ぶれずに突き通せるかどうかだ。穂先がぶれては、上手《うま》く刺さらない」

「なるほど」

「では、相当な遣い手だと」

「うむ。勝てるかどうかわからぬな」

問われた新左衛門が言った。

「しかし、その加賀道場がなぜ……」

「老中松平伊豆守さまのお留守居、佐々木なんとかという御仁が、門弟におられるようで」

海老が答えた。

「よくそこまで、わかったね」

「四谷の読売屋で仕入れたんでございますがね」

笑いながら海老が頭を掻いた。

読売屋はどこのことも町内のことにはくわしい。どこの下女が、どこの番頭とできて孕《はら》んだということから、大店の家督相続の争いの行方まで知っている。

「そうかい」

「昼兵衛どの」

新左衛門が呼んだ。

「なんでございましょう」

「用心棒についてだが、辞めさせていただきたい」

「……………」

申し出に、一瞬、昼兵衛が黙った。

「わたくしが発端でございますが。一度目の刺客を倒された相手が、わたくしを殺すのに障害となっている大月さまを先に排除しようとしているだけでございましょう。ならばかかわるのが道理」

昼兵衛は正論を口にした。

「これは仕合だ。武士と武士が命を懸けて武術を競う。それに山城屋どのは関係ない」

きっぱりと新左衛門が首を振った。

「おふざけになってはいけませんね」

強い口調で、昼兵衛が否定した。

「妾にかかわることをすべて引き受けるのが、妾屋の矜持。大月さま、わたくしの商売の誇りを汚《けが》されるおつもりで」

「しかし……」

「これは、わたくしの後始末。最後までかかわって、しっかりいただくものはいただきませんと。赤字はごめんでございますから」

さらに言いつのろうとした新左衛門を昼兵衛が止めた。

声をかけた昼兵衛へうるさそうに内弟子が応じた。

「この仕合、どうなれば、勝ちが決まるんで」

「当然、相手が死ねば終わりだ」

「なるほど。怪我したのでとか、参ったと言ったとか、関係なしと」

「そうだ」

昼兵衛の確認に、内弟子がうなずいた。

「要は、相手を倒せばいいそうで、ございますよ。大月さま」

「承知した」

新左衛門が首を縦に振った。

「参る」

槍をしごきながら、俊斎が間合いを詰めてきた。

刀と槍では、間合いに大きな差があった。槍が一間（約一・八メートル）の間合いを持つのに対し、太刀の間合いはせいぜい三尺（約九十センチメートル）と半分しかない。差である三尺は、相手の間合いで、こちらからは一切なにもできないのだ。

「おう」

新左衛門は青眼《せいがん》の構えをとった。青眼は攻撃へ移るには、一挙動を要したが、まもるならば、そのまま刀を傾けるだけですんだ。

「やっ、やっ」

槍がまっすぐに来た。

「ふん」

太刀を傾けるだけで、新左衛門は槍を弾いた。鎌より後ろで叩けば太刀が折れることはない。

「二撃とも防ぐか」

俊斎が感心した。

「ならば、これはどうだ」

頭上で大きく俊斎が槍を回した。

「せいっ」

その勢いのまま、槍が横から音をたてて襲い来た。

「…………」

すっと足を下げて、新左衛門はかわした。

「なんの」

追うように槍が伸びた。

「ぬん」

その穂先を新左衛門は太刀の横腹で受けた。

「ほう」

槍の勢いを止められた俊斎が目を大きくした。

「なかなかやるが、吾が槍の間合いにいるかぎり、貴殿に勝ち目はない」

「ないな」

新左衛門が認めた。

「ならば、おとなしくしておられることだ。一瞬で心の臓を突いてくれようほどに。苦しむ間もなく逝かせてさしあげよう」

「ご免だな」

太刀を青眼に戻して、新左衛門が断った。

「ならば、いたしかたなし」

必殺の一撃を出すため、俊斎が槍を手元へ繰りこんだ。

「今度は、こちらから参る」

新左衛門が駆けた。

「……無謀な」

俊斎が槍を突き出した。

「おうりゃあ」

その三日月の部分へ新左衛門は、太刀をたたきつけた。

「おろかな」

太刀を挟みこんだ槍を、大きく上に振って俊斎は、新左衛門の手から太刀を奪おうとした。

「くれてやる」

逆らわずに太刀を手から離した新左衛門は、脇差に手をかけるなり、投げつけた。

「なにっ」

得物である太刀を捨てるとは思っていなかった俊斎が呆然《ぼうぜん》とした。

太刀を跳ねていたため、穂先は上を向いている。槍で飛んでくる脇差を防ぐことはできなかった。また、二人が近づいていたため間合いも三尺近くまで近づいていたので、避《よ》けるのも無理であった。

新左衛門の脇差は、俊斎の胸に突き刺さった。

「かはっ」

血を吐きながらも俊斎は槍を引き戻して、新左衛門を突こうとした。

「させぬよ」

新左衛門は全力で離れた。

「お見事……」

俊斎が崩れた。

「師よ」

あわてた内弟子が近づいた。

「おのれ、よくも」

内弟子が師匠の槍を手にしようとした。

「大月さま」

昼兵衛が懐から短刀を出し、新左衛門へ投げた。

「おう」

受け取った新左衛門は、師匠の指を槍からはずそうとしている内弟子へ短刀を振った。

「ぎゃあああ」

右腕の筋を裂かれて、内弟子が絶叫した。

「師匠の弔《とむら》いをしてやれ。片腕でもそれくらいできよう」

新左衛門は、一礼して俊斎の胸に生えている脇差と転がっていた太刀を拾った。

「行こうか、山城屋どの」

「はい」

促されて立ちあがった昼兵衛は、腕を押さえている内弟子へ顔を向けた。

「ことを頼んだお人にお伝えください。そろそろお顔を拝見に参りますると」

そう伝言を託すと、昼兵衛も道場を後にした。

読売は、早さが命である。町内で起こった事柄など、三日もすれば、どこの長屋の井戸端でも飽きられてしまう。話を仕入れて、半日の内に版木を彫り、刷って売り出していなければ、売れないのだ。

話題を他人より早く知り、それを教える。子供みたいだが、その優越感に海老は酔った。

だからといって、そこいらに読売の題材になるような話題が転がっているわけではなかった。道を歩いていて出会うのは、せいぜい掏摸《すり》ていどであり、下手《へた》すると己の懐が狙われる。そして、忍《しのび》ではないので、他人の家へ入りこみ、天井裏や床下で聞き耳を立てることなどできない。

では、どうするかといえば、話を買うのである。

「おもしろい話を見つけたら、急いで持って来な。内容によっちゃあ高く買うぜ」

あちこちへと足を運ぶ行商人や、大名屋敷の賭場へ出入りしている博打打ちなどへ、声をかけておけば、いろいろな話が持ちこまれてくる。

そのほとんどは、読売にもならないくだらない話であった。が、たまにとんでもない話もあった。それにかなりの金をはずんでやれば、また耳新しい話を持って来てくれる。

「下屋敷に、血まみれの浪人者がやって来て……」

海老のもとに、一人の中間が話を売りに来ていた。

「おめえさんが勤めているのは、たしかご老中さまの松平伊豆守さまだったよな」

「そうよ」

中間がうなずいた。

「で、その浪人者は」

「いくら出す」

食いついた海老に、中間が下卑た笑いを浮かべた。

「内容次第だけどね……」

苦笑しながら、海老は一分金を出して見せた。一両の四分の一、銭の相場で換算すれば、一千文から一千五百文にもなった。

「少し安くねえか。ご老中さまのお話だぜ」

中間が渋って見せた。

「それが問題なんだろうが。ご老中さまを読売の題材にするなど、一つまちがえれば、首が飛ぶ」

「そんなことは、おいらの知ったことじゃねえ」

海老の言葉に、中間がうそぶいた。

「町奉行所の拷問は、厳しいらしいからな。いや、もちろん、読売屋の仁義として、話を持ちこんできた者のことは、しゃべらないつもりだが……」

小さく海老が笑った。

「読売屋は、おめえのところだけじゃねえぞ」

中間が腰を浮かせかけた。

「たしかに。他所《よそ》で買ってくれるなら、そっちへ持ちこみな」

海老が金を懐へひっこめた。

「……ま、待て」

目の前から一分金の姿が消えた中間が、あわてた。

「博打でちょっとまずいところに借りを作ってしまってよ。もうちょっと色をつけてくれないか」

急に中間が弱気になった。

「話してみな。内容がよければ、もう二朱出してやる」

顎《あご》をしゃくって、海老が言った。

「わかった」

首肯して中間が話を続けた。

「浪人者は、四谷の角だっけ……」

「四谷の加賀道場か」

「そうだ。加賀道場から来たとか言って、留守居役の佐々木さまへお目にかかりたいと」

「ほう。その浪人者に会うため、留守居役がわざわざ下屋敷まで来たのか」

「ああ。で、留守居役さまと二人きりで会ったあと、浪人者は手当もされず、駕籠で夜中、運びだされていった」

「どこへ行ったか、わかるか」

「いや。おいらたちのような流れの中間じゃない、国元から連れてきた譜代の中間を使ったから、聞いても口を閉じて、言いやがらねえ」

海老の問いに、中間が首を振った。

中間の多くは、江戸で雇われた節季奉公である。半期とか一期と決めて、屋敷に雇われる。当然、屋敷への忠誠心などない。下屋敷などで、博打場を開くのは、この手の流れの中間であった。

対して、国元から参勤交代などについてきた中間は、代々仕えている者である。だけに藩への忠誠も高く、口も堅かった。

「じゃあ、留守居役さまは、どうしていたんだ」

海老が次へと話を進めた。

「そのまま帰られたが、顔色はまっ青だった」

「ふうむ。最近、留守居役さまについて、なにか聞いた話はないかい」

重ねて海老が質問した。

「なにかしくじったらしいとは聞いているが……」

「……それだけか」

「おい、金を」

落胆する海老へ、中間が催促した。

「ほれ一分と一朱」

海老が一分金と一朱銀を出した。

「もう一朱くれ」

「だめだな。話の詳細がわからないままじゃ、使えない」

きっぱりと海老が拒んだ。

「もう少し、突っこんだ話がわかれば、追加の銭を払う用意はある」

海老が懐から二分金を取り出して見せた。

「……本当だな」

中間が音を立てて唾《つば》をのんだ。

おおむね、中間の報酬は、衣食住が保証される代わりに、安い。年三両ほどである。二分は、その年収の二カ月分にあたる大金であった。

「待っていてくれ、すぐに」

金を摑んで出て行く中間の背中に、海老が冷たい目を向けた。

「おめえが消されないようにな」

呟いた海老が、山城屋へ行くため、長屋を後にした。

二

妾屋の店じまいは遅い。普通の商店が暮れ六つ（午後六時ごろ）で閉めるのに対し、四つ近く（午後十時ごろ）まで開けていた。

これは、商家の主や、勤めている番頭あたりが、商売を終えてから、客として来られるようにとの配慮であった。

「ごめんなさいよ」

日が暮れてから、本日初めての客が、山城屋を訪れた。

「ようこそのお出でで」

帳場にいた昼兵衛が、出迎えた。

「こちらは山城屋さんでよろしいのでございますかな」

壮年の商人風の客が、確認した。

「はい。わたくしが、主の山城屋昼兵衛でございまする」

「あなたが」

名乗った昼兵衛に客が軽く頭を下げた。

「わたくしは、両国で船宿上総屋《かずさや》をやっております市兵衛《いちべえ》と申しまする」

「上総屋さまで。これはお見それをいたしました」

昼兵衛が一礼した。

両国の船宿上総屋は、良客を抱えていることで知られていた。

釣りを好む大名の隠居や高禄旗本、芸者をあげて船遊びをする日本橋の豪商など、江戸でも名の知れた人々の贔屓《ひいき》を上総屋は受けていた。

「上総屋さまが、わたくしどもへ御用とは」

顔をあげた昼兵衛が疑問を呈した。

「たしかにみょうだとお思いでございましょう」

上総屋市兵衛が、ほほえんだ。

「なにせ、わたくしは婿養子でございますからな」

「……どうも」

昼兵衛は恐縮した。

裕福で鳴る上総屋といえども、婿養子は主ではなかった。店の財産はすべて家付き娘である妻のもので、万一離縁となれば、上総屋は着のみ着のままで放り出されることになる。とても妾を囲うだけの金を工面《くめん》できるとは思えなかった。

もちろん、船宿の収入は、表に見える料金だけではない。良客が気前よくばらまく心付けも大きい。これを集めれば、一人や二人の妾を手にできるが、ばれれば、終わりなのだ。店を繁盛させるだけの腕と頭をもった者は、そんな愚かなまねなどしない。女が欲しければ、吉原へ行くなり、茶屋の女をくどくなりすればすむ。後腐れのない関係にまで、家付き娘とはいえ、口出しはしないのが慣例であり、商売女にまで嫉妬する女は、世間から白眼視されてしまう。同じ金で買われる女である妾が許されないのは、どうしても長く一緒にいると情が移ってしまうのと、子供ができたら、跡継ぎでもめるからだ。

「わたくしに妾をというわけではございません。とあるお方さまから頼まれて、参上つかまつったような次第でございまして」

上総屋市兵衛が告げた。

「代理と」

「はい」

「申しわけございませんが、代理でのご斡旋は承っておりませんので」

はっきりと昼兵衛は断った。

妾屋は金をもらって、女と客を繋ぐ商売である。どちらからも仲介の金を受け取るだけに、後々のもめ事にもあるていどの責任を負わなければならなかった。見た目普通でありながら、夜な夜な女を虐待しないと興奮しない男とかもいるのだ。身体が財産の妾が、傷つけられてしまえば、商売ができなくなる。そのようなときは、妾屋が間に入り、女を解放させ、さらに詫び金まで取る。ぎゃくに、女が客の金を盗んだりしたときは、その後始末をし、被害の一部を弁済したりしなければならない。

だけに、昼兵衛は少なくとも女と客に直接会うのを、店の決まりとしていた。ただし、大名や旗本などの側室は別である。これは藩の重臣と会うだけでよしとしていた。理由は簡単である。殿さまはなにがあっても責任を取らないからで、その尻《しり》ぬぐいは、重臣の仕事となるからであった。

「承知いたしております。ただ、ご身分があり、山城屋さんまで、足を運んでいただくわけにはまいりませんので。失礼ながら、こちらに出入りしたという噂が立つだけでも、まずいのでございまする」

拒否する昼兵衛に向かって、上総屋市兵衛が事情を述べた。

「ゆえに、山城屋さんを選ばしていただいたのでございまする」

上総屋市兵衛が述べた。

「どういうことで」

すっと昼兵衛の目が細められた。

妾屋の法にはずれたことを昼兵衛がやる。そういう評判がもし立っていたならば、昼兵衛は、山城屋は終わりになる。妾屋は信用あっての商売であり、もし、ことと次第で客や女を裏切るなどと思われては、誰も山城屋を使わなくなる。

「ああ、これは申しわけない。言いかたが悪かったですな」

雰囲気の変わった昼兵衛にも驚かず、上総屋市兵衛が詫びた。

「山城屋さんには、わたくしの店まで、ご足労いただき、そこでお客さまとお会いしていただきたいので。これは、山城屋さんでなければいけませんでしょう。四条屋さんや、相模屋さんでは、難しい」

「なるほど。たしかに四条屋さんも、相模屋さんも、ご主人が店を出られることはまずございません。出用事は、番頭さんがこなされる。その点、山城屋ならば、主のわたくしが参りますので、お客さまへの表向きもいい」

すぐに昼兵衛が理解した。

高禄の武家や、名のとおった商人は、遊びを隠したがる。噂になるのが嫌だというのもあるが、そこから脅されたりすることもあるからだ。芸者を一晩抱いた翌日に、兄という男が出てきて、「手出しをした以上は、落籍してやってほしい。ついては、その費用を出せ。出さないならば、うちの妹をもてあそんだとして、世間に触れて回るぞ」とゆすってくるのも多い。もし、本当に騒ぎにされれば、武家ならば謹慎、商人ならば隠居しなければならなくなることもある。

本当に身分がある人にとって、遊びの条件はなにより口の堅い相手でなければならなかった。それを満たすのが、妾屋をつうじて紹介された女であった。

「それに山城屋さんは、尾張藩のお出入りでもあり、藩士格をお持ちでございますから」

上総屋市兵衛が続けた。

妾屋という商売は、ときに大名の側室を斡旋した。その側室が、藩主の子供を産めば、褒美として藩士格や扶持米がもらえることもあった。昼兵衛は、十年ほど前に尾張藩主へ紹介した側室が、男子を産んだことで、扶持米と藩士格を与えられていた。

「お客さまは、お武家さまでございますな」

「はい」

身分にこだわるのは、武家である。商人は、身分よりも実績を重んじる。

「お願いできましょうか」

「今からでございますか」

「はい。表に駕籠を待たせております る」

準備はすませていると上総屋市兵衛がうなずいた。

「上総屋さまにそこまでしていただいて、否やは言えませぬ」

承諾して昼兵衛は、立ちあがった。

「もう表戸を閉めなさい。帰りは遅くなると思うから、寝てしまっていいよ。このまま、家へ帰るから」

帳面付けをしている番頭へ、昼兵衛は言った。

「へい。いってらっしゃいませ」

番頭に見送られて、昼兵衛は駕籠へのった。

町屋の木戸は夜半前の四つ（午後十時ごろ）には閉められる決まりである。閉められた木戸は、火事が起こらない限り、翌朝の六つ（午前六時ごろ）まで開かれない。通行したい者は、木戸の隣にある木戸番小屋で過ごしている番人へ声をかけ、木戸脇の潜《くぐ》りを開けてもらう。といったところで、泰平が続けば、決まりなど崩れてしまうのが常である。両国や浅草など、夜中でも遊び帰りの男が道を行くあたりの木戸は一日中開かれていた。

駕籠はいくつもの木戸を咎《とが》められることなく進み、両国橋の東袂にある船宿上総屋へと着いた。

「ご苦労だったね」

「こいつは、どうも。いつもありがとうございまする」

上総屋市兵衛から多めの酒手《さかて》をもらった駕籠屋が喜々として礼を口にした。

「どうぞ、なかへ」

駕籠屋から目を昼兵衛に移した上総屋市兵衛が、暖簾をたくしあげ、店の戸障子を開けた。

船宿は、男女の逢い引き宿も兼ねている。外からなかを覗かれないよう、あるいは外へ出るとき、周囲の様子をうまく窺《うかが》えるよう、長い暖簾がかかっていることが多かった。

「おじゃましますよ」

昼兵衛が暖簾をくぐった。

「お二階へ」

主上総屋市兵衛自ら、昼兵衛の案内にたった。

「ごめんを。山城屋さんをお連れいたしました」

階段を上がって廊下を突き当たった奥の部屋の前で、上総屋市兵衛が膝をついた。

「開けてよい」

なかから落ち着いた返答があった。

「どうぞ」

促されて、昼兵衛が部屋へと入った。

「夜釣りの船の灯《あか》りを楽しんでいたのでな。灯りを消しておる。市兵衛」

「はい」

大川を眺めていた客が、窓際から離れた。

上総屋市兵衛が、行灯《あんどん》に火を入れた。部屋がゆっくりと明るくなった。

「山城屋昼兵衛にございまする」

相手を武家と見て取った昼兵衛が、名乗りながら頭を下げた。

「旗本　東大膳正《あずまだいぜんしょう》じゃ」

客が応えた。

「東さまと仰せられまするど……」

昼兵衛は、上総屋市兵衛を見た。

「駿河台《するがだい》にお屋敷のある寄合《よりあい》旗本さまで」

上総屋市兵衛が答えた。

「寄合お旗本……」

さすがに昼兵衛が驚いた。

寄合とは、おおむね三千石をこえる高禄の旗本で、無役の者のことを指す。五百石ていどでも一定以上の役職を長く務めた褒賞に、一代限り寄合格を与えられた者もいるが、東大膳正は、あきらかに代を受け継いできた者の風格をもっていた。

「寄合といっても、この歳じゃ。もう、お役に就くことのない暇人よ」

壮年にかかろうかという東大膳正が苦笑した。

「今、お膳《ぜん》を」

上総屋市兵衛が下がっていった。

「お妾をお求めで」

「うむ」

昼兵衛の確認に、東大膳正が首肯した。

「恥ずかしい話だが、家督を継いで二十五年、ついにお役に就けなかった。金も遣った、伝手も頼った。だが、だめであった」

さみしそうに東大膳正が語った。寄合旗本は、その身分の高さから、家督を継いで早いうちに役に就いた。それも格に応じた大番頭、書院番頭などである。後々の出世も約束され、一度駿河や大坂へ出た後、勘定奉行、町奉行などへと転じていく者も多い。だが、東大膳正は、干された。

「原因はわかっておる。妻の実家じゃ」

大膳正が苦い顔をした。

「家名は言わぬが、今でも幕閣にかかわりのある譜代大名の姫を、十八歳で娶ったのはよかった。妻もおとなしく、儂も慈しんだ。問題は義父じゃ。娘を溺愛《できあい》していた義父は、あろうことか、儂を養子にして藩を継がせようとした。立派な嫡男がいるにもかかわらずだ」

「……………」

黙って昼兵衛は先を促した。

「義父が義兄を廃し、儂を跡継ぎにしたのならば、まだよかったかも知れぬ。だが、御上への手続きを始める前に、義父が病死した。当然、藩は義兄が継いだ。後に残ったのは、義兄と儂の確執じゃ。儂は藩を継ぐ気などなかったが、今さらそう言ったところで、義兄の気は収まらぬ。また義兄は出来物《できぶつ》であった。頭もよく気遣いもできる。名門で、そうくれば、幕府で出世していくのは決まりごとだ。詰め衆から奏者番《そうしゃばん》、そして若年寄へと義兄は登った。そして、儂には、役付の話がいっさい来なくなった」

そこへ膳を持った女中が現れ、一度話が止まった。

「……勝手に飲んでくれ。儂もたしなむ」

膳から盃を取りあげて、大膳正が呷った。

「気に病んだのだろうなあ。妻は、長男を産むと身体をこわして、そのまま亡くなったわ」

「そこで、継室をお求めにはならなかったので」

「上り調子の若年寄どのににらまれている家へ、娘を嫁にやろうかという酔狂者はおらぬ。いや、なかったわけではないが……儂も意地になっていたのだろうなあ。ずっと独り身をとおし、妻の年忌の度《たび》に、義兄を招待しつづけてやった。もっとも、葬儀にさえ来なかったのだ。参加は一度もなかったがな」

ふたたび大膳正が酒を含んだ。

「それが、かえって良かったのかも知れぬ。この度、息子に縁談が起こってな」

「おめでとうございまする」

昼兵衛が祝いを述べた。

「うむ。その相手が、妻の実家とは仲の悪い大名の縁に繋がる家でな」

小さく大膳正が笑った。

「なるほど。跡継ぎさまには、ちゃんとした後ろ盾がつかれたと」

「そうよ。で、まあ、うだつの上がらぬ儂がいつまでも当主面《づら》しておるより、息子に家を譲ってやるのがよかろうと思ったのだ。で、隠居しようと思うのだが、儂もまだ枯れるに早いでの。側に置く女でもと考え、上総屋に相談したところ、山城屋を紹介されたのだ」

大膳正が告げた。

「数ある妾屋のなかから、わたくしどもをお呼びいただき、ありがたいことでございまする」

聞き終わった昼兵衛は、一礼した。

「早速でございまするが、どのような女がよろしゅうございましょう。お屋敷へお入れになるとなりますれば、やはり武家の出が」

「いや、家督を譲った後は、屋敷を出て町屋住まいをしようと思っておる。隠居と妾、下働きの女中と下男、そのていどが生きていくに困らぬくらいは、息子もくれようほどに」

小さく大膳正が首を振った。

「なれば、市井《しせい》になれた女がよい」

大膳正が言った。

「なるほど。そのほうがよろしゅうございますな」

己が屋敷を出ることで、息子との縁をできるだけ薄くし、これ以上の迷惑がかからぬようにしたいという親心だと、昼兵衛は理解した。

「女の容姿にお好みなどは」

「そのようなことも申せるのか」

「はい。妾とは気に入った女を囲うことでございまする」

昼兵衛がほほえんだ。

「ならばそうじゃの。妻が細い身体つきであったゆえ、妾はすこし肉づきのよいのを頼もうか」

「承知いたしましてございまする。あと、子供ができてもよろしゅうございましょうや」

妾の子供はいつも騒動のもととなりかねない。昼兵衛が問うた。

「かまわぬ。といったところで、家は継がせられぬが、分家をさせられるくらいの力は、あるぞ」

　大膳正が笑った。

「さようでございますか。では、女の用意ができましたら、上総屋さんへ、お報せいたしまする。そのうえで、お目見えを願いまする」

「目見えか。気に入らなければ断ってもよいのだな」

「もちろんでございまする。お気に召すまで、探させていただきまする」

　強く昼兵衛がうなずいた。


　どうやら佐々木の姿が江戸から消えたと見極めがついて、用心棒の仕事を終えた大月新左衛門は、左官の土こねで日を過ごしていた。江戸の町はいつもどこかで普請がおこなわれている。左官や大工の仕事は、いくらでもあった。といっても、どちらの修業もしたことのない新左衛門に与えられるのは、壁土を水で練ることくらいしかないが、遊んでいるよりはましであった。

「お疲れさん」

「かたじけない」

一日、足を使って土をこねた新左衛門は、日当を受け取った。土こねは安い。ちゃんとした職人であれば、日に五百文から一千文もらえるところ、誰でもできる雑用の場合は、二百文から三百文ていどしか手にできなかった。

十日ごとに家主が集めに来る長屋の家賃、米代など、なにもしなくても金が出て行く。仙台藩士であったころは、せいぜい、おかずの金と飯炊き女の日当くらいしか要らなかったのに比べて、金がかかった。いや、金がないと生きていけないと実感させられていた。

「二百六十文か」

ざっと目で銭を数えた新左衛門は、長屋ではなく、煮売り屋へと足を向けた。

「おや、大月さま。いらっしゃいませ」

店に入ってきた新左衛門を、味門の女将が迎えた。

「飯をたのむ。おかずは任せるゆえ、八十文ですむようにしてくれ」

新左衛門が銭を台の上に置いた。

「はいな」

銭を数えた女将がうなずいた。

「飯と汁、それに鰯《いわし》の生姜《しょうが》煮と根深の煮物でよろしい」

「十分だ」

一日働いて空腹を覚えていた新左衛門は首を縦に振った。

「馳走《ちそう》であった」

どんぶりに貼りついていた米まで口にして、新左衛門は箸を置いた。

「お粗末さまでございました」

女将が白湯を新しく注いでくれた。

「今日は人足仕事で」

「ああ」

白湯を喫しながら、新左衛門はうなずいた。

「おえらい。なかなかお武家さまが、人足仕事をされるなどございませんよ」

少し客あしらいが落ち着いたのか、女将が新左衛門の向かい側へ腰掛けた。

「皆さま、ご矜持がお高いから」

皮肉るように女将が言った。

江戸は浪人であふれていた。

泰平になれ、本来の戦人《いくさびと》として質素に甘んじなければいけなかった武家が贅沢に染まった。戦場を失い、増収の道を断たれた武家が、贅沢をすれば当然、収支は悪化する。どこの大名も、旗本も、収入では補えなくなって、借財に手を出した。

手元が不如意《ふにょい》になった大名は、もっとも簡単で即効性のある方法、人減らしへと走る。こうして禄を失った浪人が生まれた。もちろん、主家がなんらかの罪をえて、改易となり浪人した者もいる。

それらが、あらたな仕官を求め、田舎から江戸へと出てきていた。

しかし、どことも家臣が余っているのだ。新たな仕官先を見つけることのできる者など、まずいない。最初は武士は食わねど高楊枝《たかようじ》の心構えで、目減りしていく手持ちの金を見ていられても、財布が空《から》になり、売れるものを売り払ってしまえば、そこまでであった。

なんとかして金を稼がないととわかりはするのだが、それでもかつての誇りはなかなか消せない。

といったところで、武士であった者ほど役に立たない者はいなかった。手習いの師匠や剣術の師範ができる者もそういない。なにせ、武士は黙っていても先祖代々の禄を受け継ぎ、食べていけるのだ。苦労して勉学や剣術を学ぶ者など、そうそういないし、なにより努力して才能を伸ばした者は、藩にとって要りような人材として、保護される。

とどのつまり、浪人として江戸に来る者のほとんどは、役立たずであった。

だが、天下の城下町江戸には、やる気にさえなれば、仕事はあった。新左衛門がしてきた左官の土こねなどの人足仕事は、いつでも人手を求めている。日に焼け、汗を掻けば、その日一日生きていくことはできた。

それを浪人者は、へんなこだわりで嫌がった。

「武士が、人足のまねごとなどできるか」

「商人に顎で使われるなど、腰の刀が許さぬ」

意地とも言えぬ理由をつけて、浪人者の多くは働こうとしなかった。

働かなければ金は稼げない。長屋の家賃も、食事の代金も払えなくなる。そこで、浪人たちは、腰の刀にものを言わせ、庶民をゆする。

飯屋で、食べるだけ喰い、飲むだけ呑んで、金を払わない。店で商品を買っては、難癖をつけて、奪い取る。

浪人者は、商売をしている者にとって、嫌な客の代表であった。

「喰うためには、仕事の選り好みなどできぬ」

新左衛門は苦笑した。

「最近、用心棒のお仕事は」

「ないの。もともと用心棒など、よほど盗賊が横行したときか、店に金があるときだけのものだからな」

女将の問いに、新左衛門は首を振った。

「お妾の番人さまは」

「そちらはあるのだがな……断っておるのだ」

新左衛門が口ごもった。

「それはまた、なぜで」

「若く美しい女《おなご》と、一つ屋根の下で暮らすのだぞ。どうも気詰まりでいかん」

苦笑しながら新左衛門が応えた。

「ははあ」

楽しそうな顔を女将がした。

「ようは、大月さまが、辛抱《しんぼう》たまらぬと」

「馬鹿を言うな。守るべき者に手出しなどせぬわ」

新左衛門があわてた。

「大月さまは、そろそろ身をお固めにはなられませぬので」

「それこそ無理じゃ。一人だから人足仕事でも糊口をしのげておる。さすがに一日働いて二百六十文で夫婦《めおと》は厳しい。そこに子でもできてみよ。飢えかねぬ」

まじめな顔で新左衛門が述べた。

「一人口は喰えなくとも、二人ならば喰えると言いますよ。煮売り屋の言うことじゃないですが、うちで一回食事される金額で、夫婦なら一日過ごせますから」

調理場から、味門の主が出てきた。

「米がいま、一石で七十匁ほどでございますから……一升で六十五文ほどでしょうか。一升有れば、夫婦お二人で二日ほどはございましょう。長屋のお家賃は、一人でお住まいになろうが二人であろうが同じ」

主が、新左衛門の前へ、焼き豆腐を煮たものを出した。

「型崩れで申しわけございませんが……」

「よいのか。馳走になる」

新左衛門が礼を述べて箸を付けた。

「で、大月さま。そろそろおめでたいお話はございませんか」

不意に女将が尋ねた。

「ない」

一瞬の間もなく、新左衛門が否定した。

「このあいだ、ずいぶんと楽しげに並んで歩いておられたと耳にしたのでございますが」

女将が笑った。

「……あれは、その、ちがうのだ。八重さま、いや、八重どのは、同じ長屋に住んでいての。たまたま、帰りが一緒になっただけで」

新左衛門が焦って言いわけした。

「やれやれ、その分では、なんの進展もないようで」

「山城屋どの」

「いらっしゃいませ」

入ってきた昼兵衛に、新左衛門と女将が反応した。

「今日は随分と遅いお見えで」

調理場へ戻りながら、主が訊いた。

「ちょっとね、店の用事で出歩いていたんだよ。大月さま、前よろしいですかな」

「ああ」

「ごめんを」

許しを得てから、昼兵衛が腰掛けた。

「飯は後でもらおう。酒となにかつまめるものを二つほど頼むよ」

「はい」

立ちあがって、女将が調理場へと消えていった。

「大月さま。八重さまのことどうなさるおつもりで」

「どうと言われても……」

新左衛門が口ごもった。

「八重さまも女でいらっしゃる。今、花の盛りをお迎えでございますが……」

「……………」

昼兵衛の言葉に、新左衛門が黙った。

「お待たせを」

女将が酒と盃を出した。

「まだご決心がつきませんか」

盃を新左衛門へ渡して、昼兵衛が酒をついだ。

「一人の女の、いや、人の一生を背負うのだ。かつてならば、身分も禄もあったゆえ、悩むことなどなかったであろう。親戚か、上役かの言われるままに妻を娶り、子をなし、家を譲って、老いていく。そうするのが当然だと思っていた。いや、考えさえしなかった」

新左衛門が、盃に口をつけた。

「だが、浪々の身となって、己がよく見えるようになった。山城屋どの。拙者の価値とはなんでござろうか」

「難しいことを」

昼兵衛が嘆息した。

「藩士だったときは、拙者には代々受け継ぐ家があり、役目も与えられ、それなりの居場所があった。いや、そう思いこんでいた。しかし、あっさりと藩から捨てられた。すなわち、拙者は藩にとって、弊履《へいり》同然の価値なき者でしかなかった。今まで、思いこんできた身分、人とのかかわりは、すべて大月という家についた家禄の価値であり、拙者のものではなかった」

「さようでございますな」

生節《なまりぶし》と根深の炊き合わせをつつきながら、昼兵衛が同意した。

「その価値を拙者は失った。つまり、拙者は無価値となったのだ。そんな者が、妻を娶るなどおこがましいではないか」

「では、その無価値のお方に命を救われた、わたくしや八重さまも、生きている値打ちはございませんな」

淡々と昼兵衛が告げた。

「な、なにを」

「大月さま。子犬を拾えば、育てる義務が生じまする。人の命を救うならば、天寿が全うできるまで、見守らなければなりませぬ」

「おかしな理屈を言う」

新左衛門があきれた。

「いいえ。おかしくはございませぬ。八重さまが、襲われたのを、大月さまが救った。大月さまが戦わなければ、八重さまは、仙台藩の手によって殺されていた。いわば、仙台藩は、恥をさらしたわけでございまする。武家が恥をかいたまま、黙っておりまするか」

「いや。雪辱をせねば、武士として顔をあげて歩けぬ」

武士とは面目に生きる者であった。仇討《あだう》ちがそのいい例である。父や兄を殺された恨みを晴らさない限り、武士として認められない。仇《かたき》を討ち取るまで、家名は藩の預かりとなり、家禄は停止されるのだ。

「つまり、仙台藩はあきらめていない」

「まさか……」

さっと新左衛門の顔色が変わった。

「ないとは言い切れますまい」

「ううむう」

新左衛門が唸った。

「もっとも、わたくしの脅しが利いている間はだいじございますまい」

昼兵衛が小さく笑った。

八重を仙台藩主伊達斉村の側室へ紹介したのは、昼兵衛であった。当時、伊達藩は、代々の血筋を維持しようとする者と、将軍家斉の息子を藩主に迎えて幕府との絆《きずな》を作り、莫大《ばくだい》な借財の肩代わりを願おうとする者の二派に分かれていた。

幕府から養子を迎えようとする一派にしてみれば、寵愛の側室ほど厄介《やっかい》なものはなかった。藩主に跡継ぎが居ないからこそ、幕府に将軍の子供をくださいと言えるのである。もし、側室に子が産まれる、産まれていなくとも懐妊しただけで、要求の根拠が消えてしまうのだ。こうして八重は命を狙われ、大月新左衛門によって救われた。

そして、昼兵衛は妾屋としての仁義をとおし、仙台藩から八重を奪い返した。直後に仙台藩では斉村が若くして死んだことで、将軍の息子を養子とするだけの手間をかけられず、国元にいた斉村の子を跡継ぎとせざるを得なくなった。

当然、将軍の子を藩主にしようとしていた連中は、身動きが取れない状態になった。また、お血筋派も葬儀と跡目継承の莫大な費用の調達に苦心惨憺《さんたん》である。そのおかげで、今のところ、八重へ仙台の手は伸びてきていない。

「八重さまが、独り身ゆえに困るのでございまする。嫁に行かれれば、仙台藩の側室だった過去は、なくなったも同然」

表情を引き締めて昼兵衛が続けた。

先代藩主の側室が、独り身でいるというのは、菩提《ぼだい》を弔うためととることもできた。寵愛深かった側室ならば、おかしなことではない。そのけなげな側室を藩のつごうで追い出した形になっているのだ。つつきようでは、仙台藩の名前に傷を付けられる。

もっとも、殿の側室になった以上、生涯仏門で菩提を弔いながら、余生を過ごせと言う者もいないわけではないが、そうさせるには、生きていくだけのものを藩から支給しなければならなくなる。なれど、側室が婚姻すれば、そこまでなのだ。先君への想いは、今の夫に劣ると証明したことになる。もし、側室だった女が子供を産んでも、婚姻さえしていれば、ご落胤《らくいん》ではない。藩として、これほど安心なことはなかった。

八重が人妻になれば、仙台藩が手出ししてくる理由はなくなった。

「今すぐ返答をというわけではございませんがね。お考えになっておかれるべきだと思いますよ」

「…………」

「男として、好きな女を側に置きたい。守ってやりたいというのは、理屈じゃございませんよ。わたしのように手遅れにならないようになされませ」

酒を飲み干して、昼兵衛が助言した。

「そろそろ飯を出しておくれな」

「はい」

女将の返事が、店に響いた。

三

十一代将軍家斉の側で、林忠勝が控えていた。

「忠勝」

「はっ」

声をかけられて林忠勝が、頭を垂れた。

人払いをしていない将軍の居室である御休息の間には、小姓の他に小納戸役《こなんどやく》などがいて、家斉と林忠勝の会話を聞いていた。

「なにか、おもしろい話はないか」

家斉が言った。

「おもしろい話でございまするか」

林忠勝が、難しい顔をした。

小姓は将軍の身のまわりのことをするだけでなく、その機嫌を取ることも大事な任であった。小姓になるには、武芸はもとより、将棋や囲碁などのたしなみをもっているだけでなく、市井の話題などにつうじていなければならなかった。

「下世話なことでもお許し願えましょうか」

「よい。そのほうが、おもしろそうじゃ」

許可を求める林忠勝へ、家斉がうなずいた。

「昨今、ちまたでは妾屋と申すものがはやっておるそうで」

「妾屋……なんじゃそれは」

首をかしげながら、家斉の唇がほんの少しゆがんだ。

「武家で言う側室を斡旋する店だそうでございまする」

まじめな顔で林忠勝が述べた。

「ほう。遊郭とは違うのか」

「遊郭は、そこで女を買わせ、一夜の情を交わさせるところでございまする。妾屋は、紹介するだけで、男女の営みにはかかわりませぬ」

「みょうな商売ができるものじゃの。女など、わざわざ斡旋させずとも、気に入った者を呼べばすもう」

「それは上様だからこそ、許されることでございまする。この天下で上様の思いどおりにならぬ女はおりませぬ。しかし、他の者は違いまする。相手の家柄が上であったり、財を持っていたりした場合は、側室に望んでも断られまする」

林忠勝が家斉へ説明した。

「それに……」

「……なんじゃ」

わざと間を空けた林忠勝に、家斉が先を促した。

「大名ならまだしも、旗本や諸藩の藩士ていどであれば、まわりに好みの女がおるとは限りませぬ。また、探しに出歩くこともできますまい」

「なるほど。妾屋というのは、好みの女を探してくれるのか。躬の好みの女も探させようか」

家斉が身を乗り出した。

「おたわむれを。上様の精を受けるに値する女は、そのような手立てで探すのではなく、家柄、血筋などを吟味しなければなりませぬ」

「つまらぬの」

はっきりと、林忠勝に拒まれて、家斉が落胆した。

「しかし、その妾屋というのを利用する者がおるというのはどうかの」

家斉が表情を険しくした。

「どういうことでございましょう」

「大名や旗本のなかにも、妾屋を使った者がおると、申したの」

「はい」

林忠勝が首肯した。

「わたくしが確認しただけで、数人の大名方が妾屋をお使いでございました」

「よくないの」

「なにが、お気に障りますのでございましょうや」

小姓の一人が家斉へ尋ねた。

「出自の知れぬ女の腹から生まれた者が、大名や旗本になるやも知れぬではないか」

家斉が応えた。

「もし、その女が、謀叛人の末であったらどうする」

「……それは」

問い返された小姓が、詰まった。

「ないとは言い切れまい」

「ご賢察でございまする」

小姓に代わって、林忠勝が応えた。

「では、妾屋を調べあげ、利用いたした者を明らかにいたしまする」

「うむ。町奉行とよく相談をいたせ。町屋のことだからの。旗本や大名がかかわっ

てお るならば、大目付、目付も要るか」

林忠勝の提案に、家斉が同意した。

「さっそくに」

一礼して林忠勝が出て行った。

「少し、庭へ出る。用意をいたせ」

家斉が散策すると言った。

「ただちに」

小姓たちが動き出した。

将軍の移動には、かならず小姓と小納戸がついた。

「茶の用意をいたせ。そうよな。あの築山《つきやま》が見える辺りで野点《のだて》をしたい」

庭へ出た家斉が命じた。

「はっ」

小納戸が散っていった。

「躬は四阿《あずまや》で待つ。一同は、野点の用意を手伝え」

家斉が、泉水側の四阿へ一人で入っていった。

「おるか」

「これに」

すぐに返答が屋根の上からした。

「見ていたか。村垣《むらがき》」

「はい」

屋根の上の声が肯定した。村垣とは、お庭番の一人である。お庭番は八代将軍吉《よし》宗《むね》が、紀州家から連れてきた根来修験《ねごろしゅげん》の流れを汲《く》む隠密《おんみつ》であった。

「誰が見張っておる」

「馬場《ばば》が残っておりまする」

村垣が告げた。

「忠勝と躬のやりとりを、誰がどこに報告するか。見逃すな」

「おまかせを」

強く村垣が請け負った。

妾屋のことをすでに知っている家斉と林忠勝がわざと話題にしたのは、小姓のなかの裏切り者をあぶり出すためであった。

将軍の周囲にいる小姓と小納戸は、旗本でも名門が任じられた。ともに、将軍の側にあって、身のまわりの世話をおこなうが、二つには大きな差があった。

まず、身分としては小姓が上であった。小姓はあるていど以上の家柄でまだ若い者が、将来目付や遠国奉行などの要職へ転じていくための準備もかねていた。将軍近くにいることで、老中や側用人などの執政たちと知り合い、その薫陶を受けることで、政について学んでいく。一種修練の場であった。

対して、小納戸は、いろいろな役職を経験してきた熟練の旗本が選ばれた。小納戸の仕事は、将軍の居室の掃除から、食事の用意、身支度と、多岐にわたる。直接将軍の身体に触れることもあり、細心の注意を求められた。

よく似た役目であるが、基本として、将軍との会話は小姓、実務は小納戸と分けられていた。

身分の低い小納戸は、将軍の機嫌を損じるわけにはいかなかった。身近なだけに、嫌われると、家ごと潰されかねない。江戸城というややこしいところで、生き抜いてきた小納戸は、身をこえた野望をまず持たない。

しかし、若い小姓たちは違った。なまじ生まれがいいだけに、執政衆と血縁であることも多い。また役目柄、毎日、老中、若年寄と触れあうのだ。老中、若年寄から声をかけられても当然だと考えがちになる。そこで、出世をほのめかされれば、簡単に落ちてしまう。若い者にありがちな、己の力で功名をあげ、家禄を増やすという野望を我慢できないのだ。

こうして小姓は、外に出てはいけない将軍居間での話を、罪の意識なく、漏《も》らしてしまう。

いわば、小姓は執政にとって、将軍側に置いた耳である。その耳に、家斉が妾屋に興味を持っただけでなく、否定し、利用した者を罰しようとしていると言ったのだ。

これは、妾屋にかかわったことのある者にとって、恐怖である。少しでも早く対応をとらなければ、大変なことになる。

また、かかわっていない者にとっては、政敵の足を引っ張る貴重な材料となるだけでなく、うまく対応できれば、家斉に認められて、さらなる出世を得られる好機にもなる。

「忠勝もきついの」

家斉が笑った。

「小姓の誰が、どの老中と繫がっていても、どうでもよいことではないか」

「いいえ。旗本の忠誠は、ただ上様にだけ捧《ささ》げられるもの。それをわからぬ連中など、不要でございましょう」

村垣も冷たく言った。

「鎌倉の執権、室町の管領《かんれい》、そして今の老中ども。天下を統《す》べた英傑たちが作った幕府は、代を重ねるごとに本来の姿を失っていく。将軍が飾りになり、配下の大名たちのなかで、選ばれた者が権を握るようになる。そして、人は権を持つ者に集まる」

笑いを消して家斉が述べた。

「躬など、典型よ。本家の跡継ぎが若死にしたおかげで、傍系から引っ張られた。なんの苦労もなく、瓢簞《ひょうたん》から駒《こま》で将軍となった。忠誠を尽くす相手ではなかろう」

「そのようなことは……」

強く村垣が否定した。

「躬はなんの功もあげておらぬ」

村垣を家斉が抑えた。

「過去、分家筋から将軍となった者たちは、皆それなりのことをした。五代将軍綱《つな》吉《よし》、六代将軍家宣《いえのぶ》、そして八代将軍吉宗。誰もが、幕政に大きな影響を残した。もっとも綱吉は、悪名が強く、善政の部分は隠れてしまっておるがの。最初は儒学に沿って政を引き締めたのだ。四代将軍家綱が幼いのを理由に、専横を極めていた大老酒井《さかい》雅楽頭《うたのかみ》忠清《ただきよ》を排したのを始め、老中どもへ奪われていた将軍の力を取り戻すために、奥右筆を創設するなど、よほど六代将軍家宣より、功績は大きい」

家斉が述べた。

五代将軍綱吉は、生類憐《しょうるいあわ》れみの令という稀代《きたい》の悪法のおかげで、死後の評価は低いが、執政へ移っていた権勢を、将軍へ取り戻すという大功をたてていた。対して六代将軍家宣は、綱吉の死後、期待を受けて将軍となったが、数年で病死、生類憐れみの令の後始末をしただけで終わっていた。また、若くして死んだため、七代将軍家継《いえつぐ》が、幕政を担うだけの年齢に達しておらず、間部越前守詮房《まなべえちぜんのかみあきふさ》や、新井《あらい》白石《はくせき》などの側近たちの台頭を許し、ふたたび実権を将軍から執政へと失う原因を作った。

「皆、なにかしらをしている。だが、躬は六歳で西の丸に入って以来、何一つせず、将軍となり、今日に到《いた》っている。やったことと言えば、子を産ませただけじゃ」

苦い表情を家斉が浮かべた。

「……上様」

「まあ、躬がなにもせずとも、天下は回る。いや、へんに手出しをするほうが、よくないのかも知れぬ」

「それは違いまする」

家斉の述懐に、村垣が反対した。

「幕府とは、朝廷から征夷大将軍に任じられたお方だけが開けるもの。どれほど老中たちがいようとも、幕府はできませぬ。上様がおられて初めて、幕府は生きるのでございまする」

「わかった。わかった。そう厳しく言うな。まったく忠勝といい、そなたといい」

あきれた口調で、家斉が宥めた。

「上様、お茶の用意ができましてございまする」

四阿の外から、声がかかった。

「うむ」

家斉が首肯して、四阿を出た。

「こちらでございまする」

小姓が野点の場所まで、案内するとして先に立った。

「忠勝も村垣も、将軍がいなければ、幕府は成りたたぬという。が、それは躬でなくとも、将軍さえおればいいと言っているのと同じなのだぞ」

寂しそうに家斉が呟いた。

四

妾屋の二階には、雇い主を求める女たちが寄宿していた。食事も掃除も洗濯も、己でしなければならないが、長屋を借りるていどの金で泊まれる。身元引受人の要る長屋暮らしより、女たちには手軽であった。

「本日より、お仲間に入れていただきまする。たつと言います」

二十歳ほどの女が、山城屋の二階で挨拶をした。

「あたしは、稲《いね》。こっちのは、たね。場所は、そこの壁沿いを使いな」

部屋にいた女が、名乗って指示した。

「では、ここに」

たつが荷物を置いた。

「夜具は、そこの押し入れに入っているよ。赤いのと黄色は、あたしたちのだから、他のをお選び。お金とかは、帳場に預けておきよ。なくなっても、誰も面倒を見てくれないからね」

「わかりました」

古顔が、新入りにしきたりを教えるのは、どこでも同じである。

「妾は初めてかい」

「はい」

「できれば、この稼業に入らないほうが、いいんだけどねえ」

稲が嘆息した。

「…………」

頬《ほお》をたつがゆがめた。

「なにかあったんだね。話すだけでも楽になるよ」

「田舎から出てきて、女中奉公をしてきたのですが……そこで……」

たつが、うつむいた。

「主か、番頭あたりに、やられちまったか。無理もないか、あんた、男好きのする身体つきしているからねえ」

「……はい」

顔をたつがあげた。

「どうせ、そういうことをしなければいけないのなら、少しでも実入りのいいほうがと思い」

「たしかに、そうなんだけどねえ。金はもらえるし。いい旦那にあたれば、着物も簪《かんざし》も買ってもらえる。炊事も洗濯も掃除もしなくていい。手が荒れることさえない。また、旦那が来なければ、一日寝ていても、文句を言われないし」

そこまで言って、稲がたつを見た。

「でもね、一度妾をやってしまうと、二度とまともな生活には戻れないよ。安い女中奉公など、馬鹿らしくてできなくなるし、食いものや着るものへの贅沢が染みついてしまうからね。あるていど妾をやって、金を貯めたら、嫁にでもなどと思っていたら、おおまちがいだよ。今さら、長屋の貧乏暮らしなどできやしないから」

「…………」

　黙ってたつが聞いた。

「それに世間は狭いよ。いくら田舎から江戸は離れているといっても、噂は届くから。あんたが、江戸で妾をやれば、すぐに知れるよ」

「でも、もう、清い身体ではないから……」

「男への復讐《ふくしゅう》だったら、止《や》めておきな。遊女よりはましだけど、妾も汚れた女なんだからね」

　諭すように稲が語った。

「…………」

「まあ、ゆっくり考えるがいいよ。下で言われただろう。妾になるには、子を孕んでいないのが条件だからね。三カ月は、客と出会うことはないから」

　稲が安心させるようにほほえんだ。

「あの、稲さんは」

「あたしかい。あたしはもう、妾をやって五年になるね。旦那も三回替わったよ」

「五年……」

「十六歳からやってるからねえ。遊女に売られるよりはましだからね。里はまずしい村でね。毎年、誰かしらが売られていくようなところだった。知ってのとおり、娘を遊女に売るんだけど、形だけは年季奉公だろ。いつかは年季明けが来る。でも、誰一人村へ帰ってきた者はいない。いや、何人かは帰ってきたよ。死んでね。骨なんかありゃしない。遺品もね。ただ、死んだという噂だけが帰ってくる。それを子供のときから見ていたんだ。遊女に売られたら終わり。で、いよいよ、あたしの番かなというとき、江戸には妾屋という商売があるって、知ってね。同じ、身体を売るなら、そっちがましと、逃げるようにして江戸へ出てきたのさ。そこから、ずっと妾をやっている」

「辛くはないですか」

たつが訊いた。

「辛い……あんたはどうだい、たね」

黙っているたねへ、稲が声をかけた。

「辛くはない」

小さくたねが首を振った。

「おなかがすくほど辛いことはないもの」

たねが言った。

「そうだねえ。妾をやってよかったと思うのは、なにより、ちゃんとご飯をもらえるということに尽きる。女中奉公じゃ、お腹いっぱいに食べさせてもらえないだろう」

「……ええ」

確認されたたつが、首肯した。

商家は無駄を嫌う。奉公人たちの食事でも余剰がでないよう、一日の量を決めてしまうところが多かった。薪代《まき》を節約するために、朝、一日分の米を炊く。そのとき、男が何人、女中が何人と計算しておくのだ。そして、食事は、男たちからすませるのが慣例なので、茶碗に多めに盛ったり、お代わりをする者の出方によっては、女中たちの分に食いこむ。

女中のなかでも上下関係はある。長く勤めている者、主人一家の世話をする者が偉く、台所や下《しも》の女中と呼ばれる奉公人を担当する者は、一段低く扱われる。当然、足りなくなった米は、下の女中たちの食い扶持から差し引かれるのだ。

「といっても、妾は見た目が勝負だからね。乳が大きくなるぶんにはいいけど、お腹が出てくると、捨てられることになりかねないから、そのへんはちゃんと考えなきゃいけないけどさ。卵や、魚くらいなら毎日食べられる」

「毎日……」

たつが、目を輝かせた。

魚も卵も高級品であった。商家のお仕着せの食事で卵がでることはまずなく、魚も切り身かめざしが月に二度から三度膳にのればいいほうであった。

「それでいて、仕事は三日に一度、半刻（約一時間）ほど、天井のしみを数えていれば終わる。こんな楽な商売はない。だから、慣れてしまえば、もう、二度と普通の女には戻れなくなる。注意しておきな」

「はい」

忠告にたつがうなずいた。

「いいかい」

廊下から昼兵衛が声をかけた。

「どうぞ」

稲が応じた。

「おじゃましますよ」

昼兵衛が、座敷の片隅へ腰をおろした。

「稲さん、ちょっと下までお願いできるかい」

「お仕事でございますかい」

「そうだね。少しこみ入った話になるから」

「わかりました。すぐに下ります」

「頼んだよ」

用件をすませた昼兵衛が、座敷を出た。

妾屋には、客と女を引き合わせるための小座敷があった。

「入っておくれ」

昼兵衛は、稲を小座敷へ誘《いざな》った。

「さっそくだけど、お仕事を受けてくれるかい」

「それはよろしゅうございますけど、お相手は」

稲が警戒した。

妾が遊女ともっとも違うところは、相手を選べるという点に尽きる。奉公する相手の条件を訊きたがるのは、当然であった。

「お侍さまだよ。不惑をこえて、家を息子さんに譲ろうというね」

「お屋敷に入るのは、堅苦しいので勘弁願いたいのでございますが」

窺うような目で稲が言った。

「大丈夫だよ。ご隠居されたら、町屋に家を借りて、そちらで住まわれるとのお約束だから」

「なぜわたくしを」

「ご希望がね、町屋暮らしになれているというものだったのでね。人当たりがよく、面倒見のいい稲さんがよいかなと思ってね」

ほほえみながら昼兵衛が述べた。

「このお話はいつ山城屋さんへ」

「……さすがだね」

昼兵衛が表情を引き締めた。

「少しばかり気になることがあってね。どうも裏がありそうなのだよ」

「裏……」

さっと稲の顔色が変わった。

「いろいろ手を回したんだけど、なかなかはっきりしないのでね。こういうのは、手慣れた人がいいと考えて、稲さんにお願いしようと。もちろん、みょうな癖のある人じゃない。といってもお妾さんは、初めてだから、閨のことまではわからなかったが。両国の船宿上総屋さんのご紹介でもあるし」

「…………」

「まあ、無理を言うからには、すべてを話すのが、こちらの誠意。もちろん、聞いてから断ってくれてもいい」

「はい」

稲が姿勢を正した。

「最近ね、妾がらみでおかしなことが続いていたんだよ」

「盗人《ぬすっと》が入った件でございますね」

「噂になったから知っていたかい」

昼兵衛が苦笑した。

「そのうちの二つほどに、うちがかかわってしまってね。もっとも、妾直接ではなく、昔のお得意先とか、妾番としてだけど……」

妾番とは、妾の用心棒のことだ。といっても、普通の商家のように、商品や金を守るのではなく、妾が他の男と浮気をしないかどうかを見張るのが主な仕事である。妾番が、妾の色香に血迷っては、なんにもならないので、絶対の信用がおける男でなければならない。実績のある妾番を抱えているかどうかは、妾屋の格にも影響を及ぼす重要な要件であった。

「結局、騒ぎは落ち着いたんだけどね。そのあたりから、どうもきな臭い匂いがしてね。調べていたんだよ。もちろん、うちだけじゃ、どうしようもないので、相模屋さんとか、四条屋さんにも相談しながらね」

「なにかわかったのでございますね」

「裏にご老中が、いや、御上がいる」

「えっ」

聞いた稲が絶句した。

「御上が妾屋に目をつけられたようで」

「なぜ……」

稲が首をかしげた。

「妾屋は世間の闇。表に出ないだけ、遊郭よりもたちが悪い。そう、御上が思われても当然といえば、当然」

昼兵衛が嘆息した。

「まあ、平安の昔からあるという妾屋でございますからね。御上も今さら初めて知ったわけじゃございません。今まで相手にしなくてすんできていたので、無視してきた。それが、今になって放置できなくなったのでございましょう」

「じゃあ、あたしたちも罪になる」

「妾が罪になるはずはございませぬ。そんなことをすれば、将軍さまのお立場がなくなりますから」

大奥に多数の側室を抱えた家斉を例に出すまでもなく、代々の将軍で側室をおかなかったのは、子供のうちになくなった七代将軍家継だけである。

「もっとも、お偉い方の場合は、庶民と違って、愛《め》でるための妾ではなく、子孫を残すための側室なんでございますがね、それでも本質は同じ」

　小さく昼兵衛が笑った。

「では、お店が」

「となりましょうなあ。四条屋さんのように、ちゃんと口入れもやりながらの妾屋ならば、まだ取り繕いのしようもありますがね。うちのように妾だけという店は、ちょっと言いわけしにくいですな」

　昼兵衛が苦笑した。

「そこに、御上のお偉い方とご親類になられるお旗本さまから、妾をとのお話が舞いこんだ。それもまったくおつきあいのない上総屋さんをつうじてね。なにかあると思うのが普通」

「…………」

　無言で稲が首を縦に振った。

「ところが、お会いしてみると、お旗本さまは、まあ普通のお方。まちがいなくいい家柄のお殿さま。知ってのとおり、この商売、あるていど人を見られなければ、なりたちませんのでね。それほど目利きが狂ってはいないと思いますよ」

「山城屋さんの人を見る目は、信用していますよ」

稲が認めた。

「そこで困ってしまったわけでございますよ。御上の手ならば、妾を紹介せず、断ってしまうのが良策。しかし、本当に妾を求めておられるだけなら、合う女を用意するのが、妾屋。怪しいだけで、仕事を拒むなぞ、山城屋の名前にかかわりまする。でまあ、わたくしとしては、世慣れた稲さんに、お頼みすることにしたわけで。もちろん、お給金は上乗せしますよ。一日で一分だそう。お願いできますかね」

日当一分は一カ月で七両二分になった。通常の妾奉公の五倍近い。

「お給金をそんなに。……別に何もしなくてよいのでござんしょう」

「ああ。普通の妾と同じ。求められたら抱かれてくれればいい。なにかものを取ってこいとか、話を盗み聞きしてこいなどと言いません。偶然耳に入った話を教えてくれればそれでいい。あと、旦那がどんな人だとかね」

危惧する稲へ、昼兵衛が述べた。

「なら、やりますよ」

稲が引き受けた。

第四章　張られた罠

一

人足仕事を浪人とはいえ、武士がする。さすがに顔見知りに見られたくはない。代々江戸詰めだったのだ。親戚筋の藩士もいれば、顔見知りも仙台藩邸にいる。天に恥じることのない仕事ではあるが、藩を追い出され、その日喰いかねて、人足仕事をしているなどと笑われるのはさすがに辛い。

大月新左衛門は、ほおかむりをして左官の手伝いを今日もおこなっていた。

「ごめんなさいよ」

「おや、山城屋の旦那」

左官の親方が、仕事場へ入ってきた山城屋昼兵衛に気づいた。

「少し、大月さまとお話をしたいのだがいいかね」

「どうぞ」

親方の了承をとって、昼兵衛が土こねをしている新左衛門へ近づいた。

「どうかしたのか、山城屋どの」

新左衛門が、動きを止めた。

「今日、帰りにお寄りください」

「仕事か」

「はい」

「承知いたした」

うなずく新左衛門へ、軽く目礼して昼兵衛が帰っていった。

「よし、そろそろ終わろう」

左官の仕事はその日の進み具合で、夕刻前に終わることも珍しくはなかった。

「ご苦労さまで」

浪人の新左衛門へ、ていねいな口調で親方が日当を渡した。

「すまぬな」

金をおしいただいた新左衛門が、続けた。

「急で悪いが、今日であがらせていただきたい」

「しかたありませんな」

辞めるという新左衛門へ、親方が笑った。

「ご浪人には、珍しく、一生懸命にしてくださるので、正直、お辞めいただきたくはないのですが、お侍さまをお引き留めするわけにはいきませぬ」

「すまぬな」

「また、お暇になられたときは、お願いしますよ」

「こちらこそ、よしなにの。世話になった」

礼を述べて新左衛門は、現場を離れた。

土に汚れたままで、山城屋へ行くわけにはいかない。新左衛門は一度長屋へ戻った。

「おや、ずいぶんお早い」

隣家の女房が、驚いた。

「仕事が早く終わったのでな。一度着替えて、また出る」

新左衛門は述べた。

「そのお着物、洗濯するなら、やっておきますよ」

「すまぬな。今度なにか、買ってくる」

遠慮なく新左衛門は頼んだ。ようやく、新左衛門も他人に甘えることを覚えていた。

「いいんですよ。お互いさまですから」

埃《ほこり》まみれの着物を隣家の女房が受け取った。

「少し、水浴びをさせてもらうぞ」

周囲に聞こえるよう、声を張りあげて、新左衛門はふんどし一つになった。つるべを持ちあげて、肩から水を何度も浴びた。

ほおかむりをしていたおかげで、頭はさほど汚れていない。

「どうぞ」

水に濡《ぬ》れた新左衛門に、手拭いが差し出された。

「すまぬ……八重どの」

差し出された手拭いを手にして、新左衛門が固まった。

「これは……」

ほとんど素裸の姿を見られたのだ。新左衛門が焦った。

「お風邪を召されますよ」

笑いながら、八重が身体を拭くように促した。

「お、お借りする」

あわてて新左衛門が、手拭いで身体を拭い始めていた。

長屋というのは、薄い壁と戸障子一つで区切られているだけである。暑い日などは、戸障子を開け放ったうえで、なに一つ身につけず寝ているなど当たり前なのだ。男女ともに裸など見慣れてしまう。

恐縮する新左衛門に対し、八重は堂々としていた。

「かたじけない。手拭いは、洗ってお返しする」

「お気になさらず」

すっと八重が新左衛門の手から手拭いを引き取った。

「では、ごめんを」

一礼して八重が、己の長屋へと帰っていった。

「……いい女だねえ。見とれてしまうよ」

隣家の女房が嘆息した。

「まさに掃き溜めに鶴。あれだけ綺麗《きれい》なのだから、望めばいくらでもお嫁入りの先はあるだろうに」

「弟御が世に出るまでは、ご自身のことを考えられぬそうだ」

新左衛門が説明した。

「感心だねえ」

「いかぬ。そろそろ着替えて行かねば」

急いで新左衛門は、長屋へ戻ると濡れた下帯を脱ぎ、新しいものと替えたうえで、こぎれいな衣類を身に纏《まと》った。

「行ってくる」

「お気を付けて」

見送られて、新左衛門は山城屋へ向かった。

長屋から山城屋は近い。新左衛門の足ならばあっという間に着く。

「ごめん」

暖簾を左手で持ちあげて、新左衛門が山城屋へ入った。

「お待ちしておりました。お手間を取らせて申しわけございませぬ。大月さま、夕餉は」

帳場にいた昼兵衛が立ちあがった。

「まだだ」

「では、馳走申しあげますので、どうぞ」

昼兵衛が新左衛門を誘った。

二人は味門へと場を移した。

「酒と肴をまず見繕いで頼みますよ。飯はあとでお願いします」

女将へ昼兵衛が告げた。

「承知しました」

うなずいた女将がすぐに酒と肴を持って来た。

「こんにゃくの煮物と山芋《やまいも》を短冊に切って梅干しを和《あ》えたもので」

「ありがとうよ。用があれば、呼ぶからね」

受け取って昼兵衛は、女将へ離れているようにと言った。

「話とは、用心棒か」

酒を盃へ注ぎながら、新左衛門が問うた。

「いいえ」

昼兵衛が首を振った。

「見張りをお願いいたしたいので」

「……見張りだと」

言われた新左衛門が驚愕した。

「拙者は忍ではないぞ」

「承知いたしておりますとも」

「では、なぜ」

「忍のように気づかれずに見張っていただくのではなく、気づかれてもらいたいのでございますよ」

「気づかれる……」

わからないと新左衛門が首をかしげた。

「はい。こちらが、相手のことを警戒している。あるいは、不審がっていると思わせたいので」

「ならば、拙者でなくとも、店の者でもたりよう」

新左衛門が言った。

「うちの者では、だめなのでございますよ。襲われて生き残れるほどの腕利きなどおりませんので」

「襲われるだと」

すっと新左衛門の目つきが変わった。

「さようで」

淡々と昼兵衛が述べた。

「じつは……」

昼兵衛が経過を語った。

「ふむ」

聞き終わった新左衛門が、腕を組んだ。

「先日の浪人者とは少し違うようだな」

「おそらく。金で雇われている連中ならば、さしたる問題はございませんが、忠義を絡《から》めてこられると、ちと面倒で」

山芋を口にしながら、昼兵衛が頬をすぼめた。

「日当は一分二朱。日限は三十日。その先は、状況次第ということでいかがでしょう」

昼兵衛が条件を提示した。

「よいのか、そんなに」

普通の用心棒が一日一分あるかないかである。新左衛門が確認した。

「妾屋の存亡にかかわりますからね。なに、払うのはわたくしだけじゃありません。四条屋さん、相模屋さん、大坂屋さんたちも出してくださいますので」

名だたる妾屋を昼兵衛は並べて見せた。

「わかった。ならば、請け負う」

新左衛門が首肯した。

「お引き受けいただき、ありがとうございまする」

「しかし、拙者一人では一日中の見張りは無理ぞ」

頭を下げる昼兵衛へ、新左衛門が指摘した。

「もちろんでございまする。さすがにお武家さまの手配は難しゅうございますが、足の速い者を出しまする。あと、相手の妾宅の近くに、しもた屋を借りておきまする。しばらくはそこで寝起きをお願いいたしまする」

昼兵衛が答えた。

「寝床の手配もしてくれるか。それは助かる」

仕事を終えて長屋へ戻り、また出て来るのは、厳しい。すなおに新左衛門が喜んだ。

「いつから始める」

「稲さんが、妾宅入りするときの供もお願いしたいので、明後日からでよろしゅうございましょうか」

「結構だ」

「いくらか、先渡ししておきましょうか」

人足仕事と違い、用心棒には、用意が要った。まず、商売道具である刀の手入れだ。斬り合うことが前提なのである。研ぎを本研ぎから白研ぎに替えなければならなかった。

白研ぎとは、刀の刃に細かい傷を付けることである。こうすることで、刀の切れ味の低下を防ぐ。ただ、白研ぎは、さびやすいという欠点があるため、普段は鏡面仕上げの本研ぎにしておかなければならなかった。

研ぎていどならばよかった。なかには、用心棒の命とも言うべき刀を質入れしている者もいる。当然、請け出すためには金が要った。

「ご懸念には及ばぬ。それくらいの蓄えならある」

新左衛門が苦笑した。

もともと貧乏でなら、他家に引けをとらない伊達の藩士である。禄はいつも借上げという名目で、半分しかもらえず、明日の米に困ったことはないが、贅沢などしたこともなかった。酒もなにか祝いごとでもない限り、口にしなかったし、魚がおかずとしてでることなど、まずない。

かえって日銭の入る今のほうが、酒も飲めるし、魚も喰えるだけ、ましになった。とはいえ、身についた質素な生活が、新左衛門をして無駄遣いをさせていない。

「いつ寝こむかわからぬからな」

日雇いの気楽さの裏側は、いつ仕事ができなくなるかわからないという恐怖であった。

病だけではない。長雨が続けば、人足の仕事はなくなる。蓄えがなければ、それこそ五日ほどで干上がってしまうのだ。

「ご無礼を申しあげました」

昼兵衛が詫びた。

「いや、お気遣いに感謝する」

盃を新左衛門は置いた。

「となれば、明日中に用意をすまさねばならぬので、酒はここまでにしたい」

「けっこうでございまする。女将、食事を二人分出しておくれな」

同意した昼兵衛が声をあげた。

「はい、はい」

待つほどもなく、女将が膳を運んできた。

「大月さまのご飯は大盛りにしてありますよ。おかずは、味噌を付けて焼いた油揚げと、あさりと根深の汁でございます」

「かたじけない。いただこう」

箸を手にして、新左衛門が飯を口にした。

剣術遣いも人足も身体を使うことに変わりはない。新左衛門はどんぶりをたちまち空にした。

「存分にお召しあがりくださいよ」

健啖《けんたん》振りに笑いながら、昼兵衛が勧めた。

「遠慮なく。女将、代わりを」

「はい」

女将が新しいどんぶりに米を山盛りにして来た。

その夜、新左衛門はどんぶりに三杯の米を喰った。

二

実家を持たない妾たちは、新しい仕事が決まるまで妾屋の二階で過ごすことが多い。稲もそうであった。

「お金はお預けします」

東大膳正のもとへ、妾奉公に出向く朝、稲が巾着《きんちゃく》を一つ昼兵衛へ渡した。

「中身の確認をね」

金額を数えた昼兵衛は、預かり証文を書いた。

「遅れたか」

そこへ新左衛門が顔を出した。

「いえいえ。ちょうどでございました。大月さま、この娘が、稲。稲さん、今日、送ってくださる大月さまだ」

新左衛門と稲の顔合わせを、昼兵衛がした。

「稲でございまする」

「大月新左衛門だ」

二人が名乗り合った。

「では、そろそろ参りましょうか」

昼兵衛が立ちあがった。

妾屋といえども商人である。商品である妾をちゃんと納めないと斡旋料をもらうことはできなかった。

三人は浅草の山城屋を出て、東大膳正が用意した妾宅のある霊巌島《れいがんじま》新浜町へと向かった。

「面倒なところだな」

霊巌島新堀にかかる湊橋《みなとばし》を渡りながら、新左衛門が呟いた。

「橋を押さえられれば、逃げ出せぬ」

「……そう思われまするか」

やはり小声で昼兵衛が言った。

「ああ。四方を川で仕切られている。まるで城だ」

新浜町は永代橋《えいたいばし》で深川と繋がる北新浜町、霊巌島の本体でもある富島町や銀《しろがね》町《ちょう》らに挟まれた小島である。周囲との連絡はすべて橋であった。

「あそこで」

橋を渡った辻を三つ過ぎたところで、昼兵衛が足を止めた。

「普通の二階建てだな」

少し離れたところから、新左衛門は観察した。

「両隣は」

「右側には、日本橋の小間物屋《こまもの》の番頭が。左は、霊巌寺《れいがんじ》出入りの指物師《さしものし》が住んでおりまする。真向かいは空き家、裏は常磐津《ときわず》の師匠という看板をあげてますが、どこぞのお妾さんで」

問われて昼兵衛が告げた。

「その三人はだいじないのか」

「ちょっと周囲で聞いただけでございますが、常磐津の師匠を除いて、残りは十年以上あそこにいるようで。ああ、常磐津の師匠も五年は、あそこで囲われておりまする」

昼兵衛が述べた。

「ふむ。となれば、近隣の問題は空き家か」

「でございますな」

「注意するとしよう」

新左衛門が、うなずいた。

「参りますよ」

ふたたび昼兵衛が歩き出した。

「少しばかり手を入れたからの。ほれ、あそこの欄間《らんま》を見よ。四季の花鳥図になっておる」

自慢げに大膳正が示した。

「見事なこと」

稲が歓声をあげた。

妾というのは奉公人でありながら、主人に対し、砕けた態度で接することが許される。稲は、大膳正の歓心を買うために側へすり寄った。

「いい匂いじゃの」

頬を緩めて大膳正が、稲の肩へ手を回した。

「畏れ入りまする」

昼兵衛が邪魔をした。

「なんじゃ、まだおったのか」

大膳正が、興ざめした顔をした。

「お代金をちょうだいいたしたく」

「そうであったの」

思い出したように、大膳正が手を打った。

「仲、仲」

「お呼びでございましょうか」

出迎えた女中が、顔を出した。

「山城屋に金を」

「はい。では、こちらへ」

仲が昼兵衛を誘った。

「はい。東さま、これにて失礼をいたしまする。ありがとうございました」

深く頭を下げて、昼兵衛が別れを告げた。

「ご苦労であった」

稲の肩をふたたび抱きながら、大膳正が手を振った。

「これでよろしゅうございましょうか」

出入り口のところで、仲が昼兵衛に代金を支払った。

「たしかに」

小判の数を確認して、昼兵衛が受け取りを書いた。

「では、なにかありましたら、お申し付けくださいまし」

女中にもていねいに腰を曲げて、昼兵衛は妾宅を出た。

三

「大月さま、お待たせをいたしました」

「いや。待ったというほどでもない」

新左衛門が首を振った。

「どうであった」

「先に、出先の家へ参りましょう」

話を昼兵衛は後でと拒んだ。

「わかった。後をつけてくる奴があればどうする」

「面倒なので、そのへんで片付けてくださいな。もっとも、そんなに露骨なことをしてくれるていどの相手ならば、困りませんがね」

昼兵衛が嘆息した。

「そこを右へ曲がってください」

二筋戻ったところで、昼兵衛が言った。

「承知。後をつけてくる者はいないようだ」

「さようでございますか。まあ、遠目にどこで曲がるかくらいは見ているでしょうが」

昼兵衛が淡々と述べた。

「その二軒目で」

曲がって少し歩いたところで、昼兵衛が指さした。

「いるかい」

昼兵衛が、戸を引き開けた。

「へい」

すぐに若い男が姿を見せた。

「どうぞ」

先に入って、昼兵衛が新左衛門を誘った。

「じゃまをする」

新左衛門もしもた屋のなかへ足を踏み入れた。

「こちらが」

若い男が新左衛門を見た。

「ああ。この方が、大月新左衛門さまだ」

昼兵衛が新左衛門を紹介した。

「お初にお目にかかりまする。吉野屋の飛脚《ひきゃく》で和津《わつ》と申しまする。以後よろしくお願いいたしまする」

和津が名乗った。

「大月だ。よしなに願おう。飛脚ということは……」

「江戸中で、和津より足の速い奴はいません」

問う新左衛門へ、昼兵衛が答えた。

「馬と駆けあいをして、勝ったほどでございますから」

「そんなにか」

目を剝いて新左衛門が驚愕した。

「いや、それほどではございませんが、他人様より、少しは速いと自負しておりまする」

和津が述べた。

「なるほど。それでそこまで痩《や》せているのか。身軽でなければ、走れぬのは道理」

新左衛門が感心した。

和津は、新左衛門の半分ほどの厚みしかなかった。

「甘いもの好きなのでございますがね。太る気配さえございません。わたくしなんぞ、少し油断すると、腹が出て参りますのに」

苦笑しながら昼兵衛が述べた。

「おっと。馬鹿話をしていては、いけませんな」

昼兵衛が話を切り替えた。

「奥へ参りましょう」

「どうぞ、お先に。わたくしは、ちょっと細工をすませますので」

「任せたよ」

後から行くという和津に、うなずいて昼兵衛が奥へと向かった。

「ここをお使いくださいませ」

入って二つ目の部屋へ、昼兵衛は新左衛門を案内した。

「和津の部屋は、手前でございまする」

「わかった」

新左衛門が、座敷へ腰を下ろした。

「お待たせを」

和津が、座敷の隅で膝をついた。

「仕掛けてきたかい」

「へい。戸が開けられれば、鈴が鳴るよう、見えないところに仕掛けて参りました」

「けっこうだ」

首肯して昼兵衛が話を始めた。

「まず、わたくしからお話をしましょう。やはり、この話はうさんくさいようでございますな。今回お妾をお求めになった東さまの態度がみょうでございました」

「みょうとは」

新左衛門が訊いた。

「わたくしがいるにもかかわらず、稲さんに戯《じゃ》れかかっておられました。ああいうことは、初めて妾を作られた方にできることじゃござんせん」

「調べたのだろう」

「はい。まちがいなく、あのお方は寄合旗本の東大膳正さまでしたし、側室はお持ちではございません」

はっきりと昼兵衛が答えた。

「それなのに、わたくしの目の前で女に戯れかかる」

「できそうにもないことをする。なるほどな」

昼兵衛の言葉に新左衛門がうなずいた。

「誰かの筋書きだと」

聞いていた和津が加わった。

「おそらくな。しかし、その御仁も、妾と旦那の機微がわかっていない。男と女は、あるていど気心が知れないと、うまくいかないものでね。あの芝居は、女の気持ちを考えずにすむお方か、女を知らないお方が書いたものだね。妾を迎えた男なら、こうするだろうという」

鼻先で昼兵衛が笑った。

「次に、大月さま。いかがでございました」

「ほとんどなにも感じなかったな。殺気ならば、多少離れていてもわかるが、見られているだけでは、ちと難しい」

新左衛門が首を振った。

「いたしかたございませんね」

昼兵衛が息をついた。

「和津さん、そちらはどうだい」

「まだ三日でございますが、みょうな連中の出入りは見た範囲ではございません」

和津が述べた。

「用心しているということか」

「そうでございましょうなあ」

同意した昼兵衛が、和津へ顔を向けた。

「女中を見たかい」

「へい」

「どう思う」

昼兵衛が尋ねた。

「どうと……」

和津が首をかしげた。

「若すぎる気がしたのだけどね」

「そういえば、たしかに若いですね」

言われて和津が同意した。

「なにか、おかしいのか」

わからないと新左衛門が口を挟んだ。

「妾に付ける女中というのは、その身のまわりの世話をするのと、見張りも兼ねているのでございますよ」

「他の男と会わないようにだな」

「さようで。そういう任を果たすとなれば、あるていど世慣れていなければ難しゅうございます」

「丸めこまれるということだな」

すぐに新左衛門は理解した。

「妾を持ったことのない男が、初めてにとまどって、若い女中を用意した。そうとれないこともございませんがね」

「違うというのだな」

「妾屋の勘で、まちがってないという保証はございませんが」

昼兵衛が言った。

「存分に怪しいと考えて対応する」

「そうお願いいたしまする。では、わたくしはこれで」

「そこまで送ろう」

立ちあがった昼兵衛に新左衛門が言った。

「ここまでで」

湊橋を渡ったところで、昼兵衛が告げた。

「わかった。では、気を付けて戻られよ」

新左衛門が踵《きびす》を返した。

「さて、なにが出ますか」

昼兵衛も歩き出した。

前の老中筆頭松平越中守定信は、不機嫌であった。

「妾屋などという、ふざけた商いがあるなど論外である」

十一代将軍家斉のもとへ向かいながら、松平定信が独りごちた。

松平定信は、八代将軍吉宗の孫に当たる。御三卿田安《たやす》家から、白河《しらかわ》松平家へ養子に入り、将軍の血筋として、初めて老中の座に着いた。

一度は十一代将軍の候補にも挙がったが、その聡明さを田沼主殿頭意次《たぬまとのものかみおきつぐ》に嫌われ、臣下へと落とされた。将軍が聡明だと執政はその機嫌を窺って、なにもできなくなる。そうせい公とあだ名され、なにごとも田沼主殿頭へ任せる十代将軍家治《いえはる》の跡目に、松平定信はそぐわなかった。

将軍一門から譜代大名へと格を下げられたことを根に持った松平定信は、十代将軍家治の死を機に、田沼主殿頭を失脚させただけでなく、その施政すべてを否定した。

商いを活発にすることで、町を賑やかにし、そこから税収を得ようとした田沼主殿頭とは真逆に、松平定信は金を遣わず、倹約することで幕府の財政を立て直そうとした。が、大奥などから反発を買い、志半ばにて老中筆頭を辞めさせられ、溜《た》まりの間詰めへとなった。

溜まりの間詰めは譜代最高の地位とされ、将軍からの諮問《しもん》を受け、政への助言をするとされているが、そのじつは飾りものであった。だが、松平定信は、飾りものではなく、実《じつ》のある役目にしようとして、なにかあれば家斉のもとへ進言しにきていた。

「庶民が妻以外の女を求めるなど、贅沢の極みである。妾などなくとも困るものではない。月々、妾にかける金を蓄えておけばどれほどになるか。早速に上様へ申しあげ、妾屋を取り締まらなければならぬ」

松平定信が強く手を握った。

溜まりの間詰めとはいえ、将軍に会うためには、手続きが要った。まず、御休息の間外の廊下で控えている御殿坊主にお側御用取次《とりつぎ》を呼び出してもらわなければならない。続いて出てきたお側御用取次に、面談の用件を伝え、納得させる。そこまでやって、ようやく将軍に目通りできるのだ。

これは、執政たちの横暴に業《ごう》を煮やした八代将軍吉宗が導入したものであった。

なくした。
お側御用取次を間に挟むことで、老中たちがいきなり将軍へ無理を言うことをでき
もっともこれは、吉宗のように将軍自らが、政を担当するときには、老中らの干渉を排除できる。しかし、政に興味を持たない将軍の場合、ただ手間なだけであった。

「上様がお目通りをお許しになられまする」

「……うむ」

あからさまに不機嫌な表情で、松平定信がお側御用取次の後に続いた。

「上様におかれましては、ご機嫌麗《うるわ》しく……」

決まりきった口上を、御休息の間下段中央で、松平定信が述べた。

「越中も息災のようでなによりである」

昨日も会ったというのに、家斉が久しぶりのような言葉を返した。

これもしきたりであった。

「どうした」

家斉が問いかけて、ようやく松平定信が、用件を口にできた。

「上様は妾屋というものをご存じでございましょうや」

「聞いたことはある」

小姓が松平定信へ漏らしたことを家斉は知っている。ここで知らないと言う意味はなかった。

「ただちに禁じられるべきでございまする」

「なぜじゃ」

家斉が問うた。

「妾など、庶民にとっては贅沢すぎまする」

「庶民といえども、家を継ぐ子は要るであろう。妻が子をなせぬ場合は、妾に頼るのもいたしかたあるまい」

松平定信へ家斉が言った。

「養子をとればすむことでございまする」

あっさりと松平定信が、家斉の言葉を否定した。

「越中、人というのは、吾が子に後を継がせたいと思うものであろう」

家斉が諭すように口にした。

「家あっての人でございまする。親子の情など、不要でございましょう」

「政は、人が相手ぞ」

「一人一人の事情を勘案していては、政などできませぬ」

松平定信が冷たく言い放った。

「妾を禁じるとなれば、それで生きている女どもはどうなる」

「大多数の者を生かすには、あるていど少ない者を犠牲にするのもやむをえませぬ。妾などせずとも、女中なり、世すぎの術はあるはず」

「ふうう」

頑なな松平定信へ、家斉が嘆息した。

「わかった。妾を禁じる」

「ご賢察畏れ入りまする」

松平定信が、平伏した。

「忠勝」

「はっ」

ずっと黙って家斉の側に控えていた林忠勝が、身体ごと家斉へ向けた。

「御広敷《おひろしき》へ使いをいたせ。内証《ないしょう》以下、すべての側室どもへ暇を出すと」

「承知つかまつりましてございまする」

淡々と林忠勝が受けた。

「な、なんと」

驚愕の声を松平定信があげた。

「なにか不思議なことでもあるのか」

家斉が冷たい目で、松平定信を見た。

「上は下の見本とならねばならぬ。上がすることを下はまねる。三度の食事もそうであった。武家が激しく身体を使うために、日に二度であった食事を三度に増やした。それが世間に広まった。女のお歯黒もそうだ。他に例をあげれば、絹の衣類、飲酒の習慣など、いくらでもある。逆に言えば、上が身を律しなければ、下は従わぬ」

「それは……」

松平定信が、震えた。

「妾は世継ぎができれば不要なのだろう。すでに躬には、敬之助、敦之助と跡継ぎとなるべき男子がおる。となれば、側室の用はすんだ」

「…………」

「ああ、諸大名にも通達せねばならぬな。跡継ぎができた家は、側室を禁じると」

「ただちに」

林忠勝が腰を浮かせた。

「側室を放逐した後、跡継ぎが死ねば、家が潰れるやも知れぬな。もう一度側室を迎えて、子をなせるかどうかわからぬしの。それまでに当主が死ねば、藩は取り潰すことになる。いや、養子を迎えればいいだけか」

「さようでございまする。上様への忠誠さえあれば、実子であろうが養子であろうが、問題はございませぬ」

「お、お待ちください」

主君と寵臣の会話に、松平定信が割りこんだ。

「なんじゃ」

ようやく家斉が松平定信へ顔を向けた。

「そこまでされることはございませぬ。庶民にだけ禁じればよろしいのでございますれば」

「ほう。それで徹底できるというのだ」

「町奉行に取り締まらせれば……」

「町奉行をこれへ」

「ただちに」

すぐに林忠勝が出て行った。

「上様」

「黙っておれ」

なにか言おうとする松平定信を家斉が封じた。

「お呼びでございましょうか」

少しして、町奉行坂部能登守広吉が御休息の間へ来た。

町奉行は江戸の治安だけでなく、幕政にも参画する。そのため、毎日朝五つ（午後八時ごろ）過ぎから、昼の八つ（午後二時ごろ）まで、殿中《でんちゅう》に詰めていた。そのため、家斉の呼びだしにもすぐに応じられた。

「能登守よ。庶民の妾を禁じようと思う。ついては、その取り締まりを町奉行にゆだねたいが、よいか」

家斉が問うた。

「…………」

ちらと坂部能登守が、林忠勝を見た。

大坂町奉行であった坂部能登守は、林出羽守の目に止まったことで町奉行に抜擢《ばってき》されていた。

「…………」

無言で小さく林忠勝がうなずいた。

「ご下問でございますれば、お答えさせていただきまする」

坂部能登守が背筋を伸ばした。

「無理でございまする」

「な、なにを申すか。江戸の城下のことは、すべて町奉行の仕事であろう。できぬなど、職務怠慢であるぞ」

松平定信が叱りつけた。

「お言葉ではございまするが、町奉行所がどれだけの人数で動いておるかご存じでございましょうか。与力二十五騎、同心百二十人でございまする。これだけで、江戸の町をすべて見回っておるのでございまする。犯罪に対応するのが手一杯でございまする」

「ならば人を増やせ」

「その金はどこから出るのじゃ」

家斉が、松平定信へ尋ねた。

「不要不急のものを削れば……」

「なるほど。さすがは知恵者じゃ。坂部能登守、何人増やせば、妾の取り締まりができる」

松平定信から、坂部能登守へと家斉が目を移した。

「与力を五騎、同心を百人増やしていただければ……」

「南北でその倍。年になおして、二千石と六千俵と四百人扶持、合わせて三千五百石と少しになりまする」

すばやく林忠勝が、計算した。

「だそうだ。越中。どこの不要不急を削るか、調べて参れ。その結果を受けてから、妾の禁止はおこなう」

「……承知いたしました」

家斉に命じられた松平定信が、なにも結果を残せず、下がっていった。

「ご苦労であった」

坂部能登守へ、家斉が手を振った。

「はっ。ご免を」

一礼して、坂部能登守が御休息の間を去っていった。

「忠勝、少しつきあえ」

「お供つかまつりまする」

家斉の言葉に、林忠勝が従った。

「わたくしどもも」

他の小姓が言った。

「要らぬ」

「しかし……」

拒否する家斉へ、小姓たちが食い下がった。

「忠義の意味をわかっておらぬようじゃな」

林忠勝が嘆息した。

「上様のお言葉に従うのが、我らの仕事である。前の小姓どもは、そのことを重々承知していたぞ」

「なれど、万一のことが……」

「この江戸城の中奥でか」

鼻先で家斉が笑った。

「庭番」

「これに」

天井裏から声がした。

「えっ」

小姓が間の抜けた表情を見せた。

「躬のおるところ、絶えず庭番の陰供がある。少なくとも、そなたより強力なな」

家斉が、足を庭下駄に置いた。

「いくぞ」

「はっ」

三歩下がって、林忠勝が続いた。

四阿まで行かず、泉水のもとで家斉は足を止めた。

「気づいたかの」

「おそらく」

己たちが見張られていたことに、小姓たちが気づいたかと問われた林忠勝が、首肯した。

「これでおとなしくなるかの」

「いいえ。見張られているのは、御休息の間で、他のところまで目が届かぬと考えておりましょう」

林忠勝が首を振った。

「己が執政と会っているのは、知られていないと……」

「はい」

「なんとつごうのよい考えよな」

大きく家斉が息をついた。

「人は、己の見たいものだけを見ておるのでございまする」

「そういうものか」

主君と寵臣が顔を見合わせた。

「ところで、越中はあきらめたと思うか」

「おそらく。上様のご側室方にまで、影響が出ると言われたのでございまする」

家斉の質問へ、林忠勝が答えた。

「あの者も幕政のために一生懸命なのはいいが、周囲が見えておらぬ。とにかく庶民を締め付ければいいと思っておる」

「…………」

林忠勝は無言で家斉の愚痴《ぐち》を聞いた。

「出たくもない養子へ行かされた恨みを政にぶつけられても、困る」

家斉が嘆息した。

「まあ、越中のことは、放置しておけばいい。それより、妾屋のことはどうするつもりだ」

「伊豆守どのが、まだ動いておられまする」

「動かしておるのまちがいであろうが」

苦笑を家斉が浮かべた。

「よいのか」

「各大名とやりとりをさせるのでございまする。このていどのことで潰れるようでは、話になりませぬ」

己の思案を林忠勝が述べた。

「無理はするな。妾のことなど、さしたることではない。そなたが泥を被《かぶ》らずともよいのだぞ」

「かたじけなきお言葉」

林忠勝が頭を下げた。

四

妾宅の見張りは十日目にはいった。

「和津どの、代わろうか」

「旦那、まだ早くはございませんか」

目標から目を離さず、和津が言った。

「それほど早いわけではないぞ。もうすぐ、木戸が閉まる」

新左衛門が首を振った。

木戸が閉まるのは夜中の四つ（午後十時ごろ）であった。

「閉まったところで、同じ町内だからの。気にせずともよいが」

「たしかに」

和津が同意した。

木戸は四つを過ぎると閉められ、出入りができなくなった。といっても、どうしても町内から出たいときは、木戸番に声をかけ、木戸の隣にある潜りを開けてもらえばよかった。そのとき、木戸番は拍子木を通り抜けた人数分慣らすことになっていた。こうして周囲の木戸番に報せるのだ。続いてどこかの木戸番が拍子木を鳴らせば、そのまま町内を出て行ったとわかる仕組みである。もし、拍子木が鳴らされず、通ったのが町内の者でないとすれば、怪しい者が町内に残ったとわかった。

「向こうも気づいてはいるはずなんですがねえ」

見張りの位置を譲りながら、和津が嘆息した。

「反応がないというのは、嫌なものだ」

「でござんすね。では、あっしは先に休ませていただきます。七つ（午前四時ごろ）まで、お願いしやす」

和津が見張り場所から、去っていった。

見張り場所から、ねぐらにしているしもた屋までは、距離にしてわずかだが、一回角を曲がらなければいけなかった。

しもた屋を目前にしたところで、和津が大きく前へ跳んだ。

「大月さまがいないときを狙ってきたか」

和津がすばやく懐から匕首《あいくち》を出した。

「わかっているならば、無駄な抵抗はしないほうがいいぜ」

三人の男が、やはり匕首を手に和津を取り囲んだ。

「誰に頼まれた」

もっとも和津に近い男が問うた。

「将軍さまに」

あからさまなからかいを和津が口にした。

「てめえ」

別の男がいきり立った。

「本当のことよ。天下のお膝元、そこで人を襲うような奴は、将軍さまの名前を汚すことだからな」

和津が言った。

「こいつめ」

「かまうことはねえ。こいつの後ろにいるのが、山城屋だとわかっているんだ。片付けてしまえばいい」

最後の一人の男が述べた。

「ふふふふふ」

含み笑いを和津が見せた。

「山城屋さんだと思っているのかい。それは、どうもけっこうなことだ」

「なにっ」

最初の男が、驚愕の声をあげた。

「妾屋とは表の商売、裏に回れば、おいらたちのような連中の斡旋をするのが山城屋」

「斡旋……誰かに頼まれたのだな」

男たちが顔を見合わせた。

「なんとしてでもこいつを吐かせろ」

「おう」

「わかった」

三人の男が、じりじりと間合いを詰めてきた。

「腕や足の一本を失いたくなければ、さっさと吐いてしまえ」

男の一人が、わざと匕首をひらめかせた。

「怖いねえ」

和津が震えて見せた。

「こいつ」

近くまで来ていた男が、匕首を振った。

「…………」

半歩退いた和津の前を匕首が過ぎていったあと、逆に和津が一歩踏み出した。

「えっ」

間合いを詰められて驚いた男の腹へ、匕首が刺さった。

「い、痛い」

男が匕首を落として、傷口を押さえた。

「弥次郎《やじろう》」

最初に声をかけた男が、刺された男を呼んだ。

「放っておけ。腹を刺されたら助からねえ」

「そんな、藤次《とうじ》の兄い」

泣きそうな声で、弥次郎がすがった。

「猪吉《いのきち》、気を付けな。この野郎、見た目と違うぜ」

藤次がもう一人の男へ注意を発した。

「へい」

言われた猪吉が、首肯した。

「医者へ連れてってくれよう」

「こいつをやってからだ。俺たちの仕事だぞ。わかっているだろう」

弥次郎の願いを、藤次が断った。

「生かしちゃおかねえ」

「後ろにいるお方の名前を言わせるんじゃなかったのかい」

怒る猪吉へ、和津が嘲笑を浮かべた。

「そんなことなら、もう一人の浪人者へ訊けばいい」

藤次が匕首を小さく振った。

見せかけである。これに対して、大きく動けば、その体勢の乱れに乗じてつけこんでくる。和津は、まったく相手にしなかった。

「少しはやるな」

あわてて後ろへ飛び退《の》いた藤次が感心した。

「さて、どうするかね。おいらはこれから寝なければいけない。ここで、黙って引くならば、追わないぞ」

わざと和津が匕首を下げた。

「ふざけるな」

藤次としゃべっている間に、背後へ回った猪吉が、突っこんできた。

「よし」

思わず藤次が、唸るほど見事な一撃だった。しかし、和津はあっさりとかわした。

「三人いて、二人が目に映っているなら、差し引き一人。その一人が背中にいるくらい、子供でもわからあな」

和津が淡々と言った。

「こいつ」

馬鹿にされた猪吉が振り向くなり、また匕首を腰だめにして襲いかかってきた。

「あほうだねえ」

匕首を腰だめにすると、どうしても間合いが短かくなる。和津は手にしていた匕首を、下から逆手《さかて》に斬りあげた。

「ほれっ」

猪吉の身体に沿って、傷が開いた。

「ぎゃっ」

顎先まで斬られた猪吉が絶叫した。

「ふん」

動きの止まった猪吉の胸へ、和津が匕首を突き立てた。

「あがっ」

心の臓を貫かれて、猪吉が死んだ。

「…………」

藤次が沈黙した。

「さて、どうするね。こいつは死んじまったが、そっちはまだ生きている」

腹を押さえて呻《うめ》いている弥次郎を和津が示した。

「担いで帰ってやれよ。このままここでのたれ死にはかわいそうだ」

「てめえ……」

和津に藤次がすさまじい目つきでにらんだ。

「ふざけちゃいけないね。最初にかかってきたのは、そっちだぜ」

「…………」

藤次が、黙った。

「まあ、好きにするがいいさ」

匕首をそのまま手にしながら、和津が後ずさった。

「覚えていろ」

同じように藤次が、距離を空けた。

「おいおい、連れて帰ってやらないのか」

弥次郎を放置していこうとする藤次へ、和津があきれた。

「死人の面倒なんぞ、見る義理はねえ」

「そうかい。ならば、おいおまえ」

和津が、弥次郎へ話しかけた。

「誰に頼まれたか言えば、医者へ連れて行ってやるぞ」

「こいつ」

藤次が目を剝いた。

「……本当にか」

弱々しい声で、弥次郎が訊いた。

「ああ。嘘はつかねえよ」

「……言う、言う」

「馬鹿野郎、黙ってろ」

あわてて藤次が口を封じにかかった。

「兄いは、黙っててくれ。捨てていこうとしたくせに」

弥次郎が拒んだ。

「わかった。医者へ行こう」

「いやだ。もう信じられねえ」

宥めるような藤次へ、弥次郎が首を振った。

「…………」

藤次が沈黙した。

「おい。そいつを殺そうとするんじゃねえぞ」

殺気を感じ取った和津が、匕首を構えた。

「……うっ」

弥次郎へ飛びかかろうとしていた藤次が動きを止めた。

「どうする」

「兄い、あっしを殺す気か」

冷たい目で弥次郎が藤次を見た。

「しゃべるんじゃねえぞ。しゃべれば、おまえの妹を殺す」

　藤次が弥次郎を脅迫した。

「構いやしねえよ」

　弥次郎の言葉に力がこもった。

「もう死ぬのは、わかった。目の前が暗くなってきたから。だけど、一人で死にはしない。なあ、俺の頼みを聞いてくれるか」

「聞くかどうかの保証はできねえぜ」

「それでいい。あっしは、深川の東二丁目、恵窓寺門前町に住んでる弥次郎で、そこに妹もいる。もし、妹になにかあれば、そいつのせいだ。仇を討ってくれ。そいつは深川平野町の藤次と言う」

「弥次郎」

　藤次が怒った。

「おいらたちの頭分は、南深川を縄張りにしている権蔵《ごんぞう》と言う」

「…………」

「聞いたよ」

「頼んだ。ああ、ちくしょう、死にたくねえなあ。こんな仕事ばっかりさせやがって。あのとき、親方に詫び入れて、大工続けていればよかった……」

最後の後悔とともに弥次郎が死んだ。

「深川へ足を踏み入れたら、命はないと思え。権蔵親分の力をなめるな」

弥次郎から目を離して、藤次がすごんだ。

「虎の威を借る狐だな。おめえ、てめえの力じゃ、できないから、親分の名前に縋《すが》っているだけじゃねえか」

和津が鼻先で笑った。

「くっ」

歯がみをした藤次が、背を向けた。

「おい。弥次郎の妹に手出しをしやがってみろ、おめえはかならず殺す」

氷のような声で、和津が宣した。

「…………」

一瞬止まった藤次が、大急ぎで逃げていった。

「やれ、死体の始末はこっちかい」

和津が嘆息した。

翌朝、事情を聞いた新左衛門は、交代を断った。

「山城屋どのへ、話を」

新左衛門は、和津に昼兵衛のもとへ行くようにと言った。

「お疲れのところ申しわけありません」

「少しでも早いほうがよかろう」

詫びる和津に、新左衛門が首を振った。

「木戸が開くまでにあと一刻（約二時間）ございまする。少しお休みになってください」

「そうさせてもらおう」

その場で、新左衛門は目を閉じた。

用心棒というのは、夜寝ないのが仕事である。かといって、毎日徹夜していては身体がもたない。そこで、用心棒たちは、座ったままで休むことを覚える。眠っているようで、眠っていない。なにか異常が起きれば、即座に覚醒《かくせい》できる。

そんな休みかたができるように、新左衛門もなっていた。

「旦那」

「おう」

一刻後、声をかけられた新左衛門はすぐに目覚めた。

「すいやせんが、しばらくお願いいたしまする」

和津が一礼して出て行った。

飛脚にとって、霊巌島と浅草は指呼《しこ》の間《かん》でしかない。半刻（約一時間）たらずで、和津は山城屋へ着いた。

「ごめんを」

まだ六つ半（午前七時ごろ）である。山城屋は店を開けていなかった。

「はいはい。どなたさんで」

店に住みこんでいる番頭が、戸を開けた。

「吉野屋の和津でござんす」

「随分と早いね。主《あるじ》ならまだお見えじゃないよ。もうそろそろだと思うから、なかで待っていたらどうだい」

番頭が告げた。

「急ぎなので、ご自宅へ伺うといたしましょう」

和津が山城屋を離れた。

「おや、和津さんじゃないかね」

店から一筋離れたところで、和津が呼び止められた。

「山城屋の旦那。ちょうどよかった」

和津が喜色を浮かべた。

「なにかあったかい。立ち話もなんだ。朝飯はまだだろう。一緒に喰おう」

昼兵衛が、開いている煮売り屋へ和津を誘った。

江戸の町は男の一人暮らしが多い。朝早くから飯と汁を出す店はどこにでもあった。

「でどうしたい」

注文した飯と汁を食しながら、昼兵衛が問うた。

「じつは……」

昨夜の話を和津が語った。

「ほう、深川の権蔵ね。あちらは、顧客もいないので、よく知らないな」

聞いたことがないと昼兵衛が首をかしげた。

「まあ、よくやってくれたね。わたくしの後ろに誰かいる。いいね。これから向こうは必死に動くだろう。動けば襤褸《ぼろ》も出る」

昼兵衛が褒めた。

「大月さまにもご注意をお願いしておくれ」

「へい」

食事を終えた和津が去っていった。

「さて、店に行く前に」

煮売り屋を出た昼兵衛は、来た道を少し戻り、路地を曲がった。路地の突き当たりにある長屋の一つへ、昼兵衛は声をかけた。

「いるかい。海老蔵《えびぞう》さん」

「山城屋の旦那ですかい。どうぞ、開けてくださいな」

なかから応答がした。

長屋のなかは、相変わらず足の踏み場もない有様であった。

海老がうなずいた。

「なるほど」

「ただ、書く加減が難しいので。藩の名前を出すとまずい。かといって、まったくわからないでは、抑止になってくれない。匂わせるていどにしなきゃいけない。この兼ね合いが、読売屋の命綱で」

ささっと書きあげた海老が、隣の長屋との壁を叩いた。

「できたかい」

隣家に住む版木彫りが原稿を取りに来た。

「大急ぎで頼むよ」

「ああ」

受け取った版木彫りが、昼兵衛に一礼して出て行った。

「で、旦那のご用件を承りましょう」

海老がようやく落ち着いた。

「忙しいときに悪いね。南深川の権蔵って、男を知っているかい」

「ちょいとおまちを」

散らかっているなかから、海老が紙の束を取り出した。

「それは……」

「江戸の顔役のまとめでさ。こればかりはちゃんと調べておきませんとまずいんでござんすよ。顔で商売をされているだけに、読売なんぞをひどく気にされるんで。うかつなことを書くと、痛い目に遭うんでさ」

紙を繰っていた海老の手が止まった。

「あった……ううむ。あんまりいい手合いじゃなさそうで」

「それはわかってるよ。縄張りとすみかを教えてもらえるかい」

懐から昼兵衛が二朱出した。

「へい。縄張りは、霊巌島から深川の仙台堀《せんだいぼり》の南。住まいは深川一色町《いっしきちょう》で」

「ありがとうよ。邪魔をしたね」

昼兵衛が立ちあがった。

「もし、用心棒がいるなら、言ってくださいな」

「よしてくださいよ。そんな金があるなら、苦労しやせん」

海老が苦笑した。

第五章　妾の仁義

一

隠居した旗本の妾というのは、忙しい。

商人とか、旗本の妾ならば、毎日、旦那が側に居ることはないからだ。商人ならば店があるし、旗本は外泊が禁じられている。

しかし、隠居した旗本は、制約から外される。外泊どころか、居住地を変えることも許される。

つまり、稲は一日中、東大膳正と一緒にいることとなった。

「息が詰まる」

稲は一日一度だけ、大膳正と離れられる銭湯で、ため息をついた。

「…………」

隣で、女中の仲が身体を洗っている。

「妾というのは、身体を使うのが商売だとわかっちゃいるけどねえ。毎日じゃ、身体が持たないよ。殿さま、隠居なさらなくともよかったんじゃ」

ぬか袋で身体を洗いながら、稲が続けた。

妾は身体の清潔さに気を遣った。さすが鬢付《びんつ》けで固めてある髪をそう再々洗うことはないが、耳の裏から、足の指の間までていねいにぬか袋で洗う。

「お仲さん、軽石を貸しておくれな」

「はい」

仲が軽石を二つ渡した。

軽石といったところで、かかとをこすりはしない。かかとは、軽石でこするまでもなく、毎日洗っているのだ、固くなることはない。軽石でこすると、皮膚が変に荒れて、手触《てざわ》りが悪くなる。

稲が足を大きく開いて、銭湯の流しへ座った。あられもない姿で、稲は下の毛を手入れし始めた。

軽石で挟んでこすり、下の毛を短くしていく。

長い下の毛は、男の逸物に毛切れを起こす。場合によっては、すぱっと逸物が裂けることもある。それを防ぐために、妾や遊女が下の毛を手入れするのは常識であった。また、鋏《はさみ》などで切ると、切断したところが尖り、身体を合わせたときに、痛みを与えてしまう。それを防ぐために、軽石ですり切ったり、線香で焼いたりした。

「……これでいいか」

身体を洗うよりも刻をかけて、稲は手入れを終えた。

「一つ訊いてもよろしいでしょうか」

軽石を受け取った仲が口を開いた。

「なんだい」

「どうして、妾などに。稲さんは、お美しいから、このようなことをせずとも、いいところへ嫁に行けましょうに」

仲が質問した。

「あたいが綺麗ねえ。まあ、たしかに田舎から出てきたころから比べると、磨かれたけどね。仲さん、あなたも女中をしてるからわかるでしょう。奉公してたら、その日の仕事をするのが精一杯で、自分のことなんてなにもできない。仕事が終わったら、とにかく早く寝たい、それしか考えてない」

「………」

声には出さなかったが、仲もうなずいた。

「それではさ、自分の身体を十分に磨くなんてできないでしょう。肌だって、ぬか袋でさっとこするだけ。軽石なんか使わないから、かかとはがさがさ、手先なんて荒れてさ、ちょっとさわっただけでひっかかる。そんな女が、嫁に行けるのは、同じ奉公人だけだよ。嫁に行ったとたん、明日の米の心配をしなきゃならなくなる。そりゃあね、なかには、生まれついての器量よしが、御店の若旦那とかに見そめられることもあるけど、そんなもの、滅多にありゃしない。あれば読売に載るくらいだからね」

稲は語った。

「でも妾は違う。妾の仕事は、旦那に嫌われないこと。そのために身体を磨く。ほら、指先見てごらんな。まったく荒れていないだろう。これは、家事仕事をしないからだけどね。男だって、すべすべの指とざらざらの指どちらで触れられるほうが

脱衣場で、稲は寂しそうに笑った。

「どんなに辛くても、大人しく奉公しているのが一番さ」

稲が諭すように言った。

風呂屋を出た稲は、仲へ使いを頼んだ。

「白粉が切れそうなんだ、買ってきておくな」

「では、お家に帰ってすぐに」

家まで送ってからと、仲が答えた。

「今すぐに頼むよ。家に帰るまでに白粉と紅を付けなきゃいけないからね。家には旦那さまがおられるんだよ。化粧するところなんぞ、見せられないからね」

「しかし、それでは、稲さまになにかあったとき……」

仲が納得しなかった。

「ここにいるからさ」

稲が述べた。妾に付けられている女中は、見張りも兼ねている。妾が間男をしないように監視している。仲もそうであった。なにをするにも側に居た。

「小間物屋はそこだしね」

七軒ほど離れたところに小間物屋はあった。

「わかりました。ここにいてくださいね」

仲が、小走りに駆けていった。

「面倒をかけさせないでくださいな」

見送った稲が、嘆息した。

「悪いな」

湯屋の男風呂入り口で和津が人待ち顔で立っていた。

「さっそくだが、どうだい」

「変なのは見ませんね。旦那と仲とあと出入りの商人だけ」

稲が小声で答えた。

「権蔵って名前を聞かないか」

「……聞いたことはないですねえ」

少し考えて、稲が告げた。

「出入りの商人とは、どんな連中だい」

「魚屋と八百屋、あと旦那の趣味だという骨董屋ていどで」

「骨董屋……」

　和津が怪訝な声をあげた。

「そんな風体《ふうてい》の奴を見たことがないぞ」

「昨日も来てましたよ」

「どんな風体だい」

「知らないんですよ。なんでも高価なものがあるから、粗相したらたいへんだということで、あたしは、入れないんで」

　稲が首を振った。

「そいつか」

「今度、話を盗み聞きしておきましょうか」

「いや、止めておいてくれ」

　申し出を和津が断った。

「稲さんになんかあれば、山城屋の旦那に殺される」

「はい」

「それより、旦那はどうだい」

「しつこいくらい」

苦笑いを稲が浮かべた。

「まあ、どの旦那も新しく雇われた当座は、みんな同じだけど」

「そりゃそうだな」

和津も笑った。

「変な癖とかはないかい」

「今のところは。歳の割に元気だけど」

稲が言った。

「お武家さまの閨ごとは、さようしからば、ご免というからな。奥方が格上の家から来たりすると、気遣いしなきゃならないというし。楽しみでするなんぞ、初めてじゃないか」

「子供を産むことが主でござんすからねえ。お武家さまは」

二人が顔を見合わせた。

「そうそう。気のせいかも知れないけれど、旦那が女中に遠慮しているような」

「ほう」

和津が目を少し大きくした。

「山城屋さんへ、報告しておく。ではな」

すっと和津が、離れた。

「お待たせしました」

「ご苦労さま。白粉をおくれな」

駆け足で戻ってきた仲へ、稲が手を出した。


一度、風呂屋へ行くと、稲は一刻あまり帰ってこない。

大膳正は、骨董屋に化けた南深川の権蔵と話をしていた。

「山城屋の後ろに、誰かがいるらしいな」

「そのようでございまする」

権蔵は、無頼の頭《かしら》をしているとは思えない、どうみてもちょっとした商家の旦那風であった。

「本当だと思うか」

「むつかしいところでございますが……うちの若いの三人では相手にならなかった

ほどの男を、妾屋風情が用意できるとは思えませぬ。葉山さまは、かならず調べ出せと」

問われた権蔵が告げた。

「ふむう」

腕を組んだ大膳正が、唸った。

「山城屋に手を出してみるか」

「なるほど。山城屋の裏に誰かがいるというならば、襲われれば、報告に行きまするか」

権蔵が手を打った。

「殺すなよ」

大膳正が釘《くぎ》を刺した。

「承知いたしておりますが、なにぶん配下の者を二人やられておりますから、そのままというわけには参りません。まあ、聞き出すまでは生かしておきまするが」

穏やかな口調のまま、権蔵が答えた。

「頼むぞ。家が懸かっているのだぞ。失敗に葉山どのは、厳しい」

「はい」

「大月とか申した浪人は、かなり遣う」

「それが、浪人だけでなく、小者も」

「ほう」

否定する坂部能登守へ、林忠勝がほんの少し目を大きくした。

「妾屋には、さほどの人材が集まるのか、それとも山城屋のもとだけなのか」

林忠勝が、首をかしげた。

「いかがいたしましょうや」

能吏とは、言われる前に物事をなす者を言う。しかし、それは、出過ぎとして、どこかで上から見捨てられる。長く役人を続けてきた坂部能登守は、そのあたりの加減をよく知っていた。

「そうよな……あまり庶民が力を持つのは好ましくはないが……」

「山城屋をとらえますか」

坂部能登守が訊いた。

「罪状はどうする」

「人身売買でも、無許可の遊郭でも」

問われた坂部能登守が告げた。

両方とも、昼兵衛を捕まえるには使える罪状であった。捕まえてしまえば、取り調べは奉行所のなかでおこなわれる。いくらでも牢へ入れる理由は作れた。

「だめだな」

小さく林忠勝が首を振った。

「山城屋は、士分だ」

「えっ」

坂部能登守が驚愕した。

「侍が、あのような下賤《げせん》な仕事を……」

「ちがう。妾屋のおかげで、山城屋は士分となったのだ。山城屋の客が町人だけではないことくらいは知っておるな」

「はい」

「大名からの依頼もある。そして、その依頼に応じて、斡旋した妾、大名ゆえ、側室だが、それが後継を産んだとすればどうなる。妾屋は妾の親元でもあるのだぞ」

「お訊きになられませんでしたので」

佐川啓太が述べた。

「くっ」

それ以上坂部能登守は、追及できなかった。

町方の役人にとって、町奉行は主君ではなかった。次から次へと代わっていく、単なる上役なのだ。それも町奉行として手柄を立て、さらに栄転していっても、奉行所の誰一人としてその恩恵にあずかれないのである。町奉行所の役人は、不浄職と呼ばれ、代々変わることがない。当然、町奉行所に勤める者たちは、仲間意識が強く、強固に結びついている。一人の奉行に肩入れすることはなく、ただ命じられたことをなすだけであった。

また、それに対し、町奉行が強権を発動することはできなかった。もし、今、佐川啓太を気に入らないとして、閑職に飛ばすなり、格下げをしようものなら、町奉行所の役人全部を敵に回すことになる。そうなったら、一日たりとても町奉行などやってられない。それこそ、配下たちも抑えられぬ無能との烙印《らくいん》を押され、お役ご免になりかねない。

「どこの藩だ」

怒りを抑えて、坂部能登守が訊いた。

「御三家の尾張さまと、姫路の本多さまで」

「二カ所もか」

坂部能登守が驚愕した。どちらも徳川にとって格別な家である。うかつな手出しができる相手ではなかった。

「見張りは止めまするか」

佐川啓太が問うた。

「いや、まだだ。もう少し調べねばならぬ」

「では、今までと同じように、襲われていても手出しはせずとも」

「そうじゃ。襲われても手助けはするな。ただし、襲った者の背後は確認しておけ」

「承知」

一礼して、佐川啓太が下がっていった。

町奉行所を出た佐川啓太は、まず組屋敷へ帰ると、そこで身形を町人に変えた。

そのあと、八丁堀から近い霊巌島へと向かった。

隠密廻り方同心に若い者はまずいなかった。もちろん、武芸だけならば、若い者のほうが強いことも多い。しかし、変装をして、探索をするのが主な仕事である隠密廻り方同心の場合は、なによりも経験が重要であった。いかに身形を変えたところで、歩き方や雰囲気が違えば、すぐにばれてしまう。

五十歳をこえた佐川啓太は、見事に化けていた。

「やってるかい」

佐川啓太は、霊巌島新浜町にある露天の煮売り屋へ顔を出した。

「いらっしゃい」

番をしていたやはり店主が応対した。

「飯と、その煮物をもらおうか」

「へい」

「なにか、かわりはないかねえ」

世間話のように見せかけながら、二人が目でうなずいた。

店主も隠密廻り方同心であった。

「先日殺し合いが、あったばかりだぞ。そう、再々なにかあってたまるか」

「それもそうだな」

飯を喰いながら、佐川啓太が笑った。

「そういえば、昨日の夕方、風呂屋に来た妾と町人の見張りが、ほんの煙草《たばこ》を一服するていどの間だが、話をしていたな」

「いつも張りついている女中は」

「そこの並びの小間物屋へ買いものにやらされた」

「ふううむ。女中を離したか」

「それぐらいだな」

報告は終わりだと、店主が告げた。

「ごちそうさま」

「ありがとうさんで」

佐川啓太が、煮売り屋を出た。

その足で、佐川啓太は、新左衛門が見張っている角を過ぎ、歩きながら東大膳正の妾宅の前のようすを窺った。

「これ以上の面倒は勘弁してほしいものだ」

いかに奉行から命じられたとはいえ、人殺しを見て見ぬ振りしなければならないのだ。同心としていい気はしない。

口のなかで呟いた佐川啓太は、大きく霊巌島を巡って、浅草へと道を変えた。すでに日は傾いていた。


「あとは頼んだよ」

住みこみの番頭に後始末を頼んで、昼兵衛は店を出た。

昼兵衛は、山城屋から二筋ほど離れた貸家に一人住んでいた。

「晩飯をどうするかねえ」

一人暮らしである。帰ってから飯を炊くのは面倒であった。

「いつもの寄り道だね」

呟いて、昼兵衛は味門へ向かった。

「よう」

味門では、山形将左が飲んでいた。

「これはご無沙汰でございますな。ああ、妾番おつかれさまでございました。また、吉原へお行きでございましたか」

昼兵衛が、笑った。

「三日だけの。白粉の匂いを嗅いでいられるならば、何日でもかまわぬのだがな。先立つものが続かぬ。そろそろ仕事をせんと、ここの払いも危ない」

山形将左が苦笑した。

「さようでございますか。妾番のお話ならございまする。明日にでも、店へお寄りいただけますか」

「そうしよう。ところで、大月氏はどうしている。先ほど、女将から聞いたが、最近姿を見てないとのことだが」

「大月さまならば、別のご仕事をお願いしておりまして」

詳細は口にせず、昼兵衛がごまかした。

「そうか。息災ならば、よいのだ」

盃を山形将左があおった。

味門の外で、三人の無頼がなかの様子を窺っていた。

「ちっ。わかったよ」

不満げな顔で、梅吉が暖簾をくぐった。

「いらっしゃいませ」

「飯と……汁はなにがある」

昼兵衛の背中側の席に、梅吉が座った。

「しじみか、豆腐でございます」

女将が告げた。

「じゃ、豆腐汁を頼む。飯は大盛りでな」

「はいよう」

注文を女将が厨房《ちゅうぼう》へと伝えた。

飯が来るまで、梅吉が昼兵衛を見つめた。

「山城屋」

山形将左がひそかに呼んだ。

「どうかいたしましたか」

昼兵衛も声を潜めた。

「後ろを向くんじゃないぞ」

「みょうなのがいますか」

　表情を引き締めて、昼兵衛が問うた。

「そこらのやくざ者のようだがな」

　盃を置いて、山形将左が告げた。

「思い当たるようだが……なにかに巻きこまれているのか」

「こちらは巻きこんでいただきたくないのでございますがね」

　昼兵衛が苦笑した。

「山形さま。少しお手伝いをお願いできませんか」

「おぬしの用心棒だの」

「はい。日当は今から家へ帰り着くまでなので、二朱でいかがでございましょう」

「命のやりとりの割に安い気がするが、拘束は短い。まあ、相場だな」

　まだたっぷり残っている酒を惜しげもなく、山形将左は目の前から押しやった。

「飯を頼む。汁となし」

　山形が女将に頼んだ。

「ここの支払いはお持ちしますよ」

「そうか。なら、魚の煮付けと、菜の浸しも頼もう」

遠慮なく山形将左が追加した。

「少しなにかしゃべったほうがいいぞ」

「では……この後山形さまはどうなさるので」

言われて昼兵衛が声をもとに戻した。

「長屋に戻って寝るだけよ。山城屋はどうするのだ。どこぞに行く当てでもあるのか」

山形将左が応えた。

「どうしようかなと思っておりまして。このまま長屋へ帰るのももったいないので、ちょっと吉原でも覗いてもと考えておりまして。いかがです、ご一緒に」

昼兵衛が遊びに行くと言った。

「吉原か。昨日まで三日続けていたからな、当分要らぬわ」

手を振って、山形将左が断った。

「それは残念。一人で行くとしましょうか」

誘い出すつもりだと昼兵衛は言った。

「浅草寺の境内《けいだい》は抜けていけまい。もう刻限を過ぎているぞ」

山形将左が口にした。

浅草から吉原へ行くのに、浅草寺の境内を抜けて、浅草田圃《あさくさたんぼ》のあぜ道を通るのが、もっとも便利であった。しかし、浅草寺の境内の山門が、火事予防のため、四つ（午後十時ごろ）を過ぎると閉じられるため、通れなくなった。

「日本堤《にほんづつみ》から参りますよ。川風に吹かれていくのも一興で」

昼兵衛が述べた。

「今から吉原だと」

聞き耳を立てていた梅吉が、驚いた。

「角倉先生に報せなきゃいけねえ」

あわてた梅吉が、残っていた飯と汁をかきこんだ。

「置いておくぜ」

代金を支払うと、あわてて梅吉が出て行った。

「あからさますぎるな」

梅吉の様子に山形将左があきれた。

「飯は終わったか」

「ええ」

残っていた汁を昼兵衛が啜《すす》った。

「じゃ、先に行ってもらおうか」

己は飯を喰らいながら、山形将左が指示した。

「お任せしましたよ」

なにも言わず、昼兵衛が立ちあがった。

「店の前に、見張りが残っているはずだ。あまり気にするような素振りを見せると、小者だけに鼻が利く。逃がすことになるやも知れぬ。気を付けてな」

「承知いたしました」

助言に首肯して、昼兵衛が味門を出た。そのまま、左へ折れて、いつもの足取りで、大川沿いへと向かった。

「出てきたぞ」

「梅吉の言うとおりだな、吉原へ向かうようだ」

見張っていた助市と滝造が、顔を見合わせてうなずいた。

「店のなかの浪人者はどうだ」

滝造が問うた。

「まだ飯を喰っているぜ」

小柄な助市が、さっと身を屈めて覗いた。

「よし、ならば、山城屋を追うぜ」

「おうよ」

二人が、昼兵衛の後をつけ始めた。

三

「ついてきているのでしょうかねえ」

大川端を歩きながら、昼兵衛は独りごちた。後ろを振り向くわけにはいかないのだ。

「まあ、山形さまならば、どうにかしてくださるでしょう」

「それと、角倉先生が殺しちまう前に、聞き出すこともな」

滝造の確認に、梅吉がうなずいた。

山谷堀は、大川へ流れこむ川の一つである。この山谷堀の堤を日本堤と言い、吉原へ行く道筋であった。

「おい、行くぜ」

「おう」

「逃がすな」

三人が、匕首を抜いて駆けだした。

「おいっ」

梅吉が、昼兵衛へ声をかけた。

「なにか御用でございましょう」

匕首を持った三人を見ても、昼兵衛は淡々としていた。

「……こいつ」

三人が少し鼻白んだ。

「そこの坂道を下りろ」

匕首の先で、助市が命じた。

「追いはぎでございますか。吉原へ行く客を狙う輩がいるとは聞いておりましたが、己が襲われるとは」

昼兵衛が嘆息した。

「しかし、命あっての物だね。それほどの金は持っていませんが」

あきらめたように、昼兵衛が財布を出そうとした。

「金じゃねえ、言うとおりにしろ」

「どうせ、あとから取るんだ。今は持ってろ」

助市と滝造がわめいた。

「はい、はい」

肩をすくめて、昼兵衛は坂道へと背を向けた。

「さっさと、行きやがれ」

滝造が昼兵衛の背中へ蹴りを入れようとした。

「……へっ」

蹴るはずだった足に手応えを感じず、滝造が唖然《あぜん》とした。

「雇い主を蹴られては困るな」

太刀を抜いた山形将左が、いつの間にか近くにいた。

「えっ……あぎゃああ」

右足が膝からなくなっていることに、気づいた滝造が絶叫した。

「このやろう、店にいた浪人者だ」

助市が気づいた。

「こいつめ」

急いで、梅吉が匕首で突いてきた。

「…………」

無言で山形将左が太刀を翻《ひるがえ》した。

「うっ」

首筋を断ち割られて梅吉が死んだ。

「ひっ。強い」

匕首を持った手を助市が震えさせた。

「誰に頼まれた」

昼兵衛が、氷のような声で問うた。

「……角倉先生、先生」

坂道を走り下りながら、助市が助けを呼んだ。

「山形さま」

「ああ」

首肯した山形将左が、先に立って坂道を進んだ。

「そっちも用心棒つきだったのか」

下で、刀を抜いた角倉が待っていた。

「…………」

山形将左が、無言で太刀を青眼に構えた。

「なかなかに遣う」

角倉が太刀を左手一本に持ち替えると、右手で脇差を鞘走らせた。

「二刀流、珍しいな……二天一流《にてんいちりゅう》か」

「武蔵だけが、二刀流だと思うなよ」

口の端を角倉がゆがめた。

二刀流を遣う者が多くないのには理由があった。本来両手で支える太刀を、片手で自在に扱わなければならないのだ。片手で両手に優る力が要った。生まれついての頑強な身体と、血のにじむ修練を重ねなければ二刀流を吾がものとするのはむつかしい。

ぎゃくに遣えるようになれば、二刀流は無敵に近い。なにせ、相手の太刀を片方の刀で止め、残った一刀で斬りつけられるから、相手は防ぎようがない。

「二天一流でないというならば、それでいいさ」

あっさりと山形将左が、言い捨てた。

「新田義貞《にったよしさだ》が流れを受け継ぐ、新田流二刀術。冥土《めいど》の土産《みやげ》に覚えておけ」

角倉が告げた。

「そうかい」

山形将左が少しずつ間合いを詰めた。

「ここで逃げるなら、見逃してやってもいい」

太刀の先で、坂道を角倉が指さした。

「仕事でな。雇い主を見捨てて逃げたとあっては、明日から用心棒稼業は終わりだ。

金を稼ぐ手段を失った浪人者がどうなるかくらいは、おぬしも身に染みておろう」

真剣な顔で、山形将左が述べた。

「町人風情の命を守って、武士が命を懸ける。町人風情の命を狙って、武士が襲う。嫌な時代よな」

角倉が苦い声を出した。

「先生……今まで楽しんでやっておられたんじゃ」

助市が驚いた。

「狂気でもはらまねば、こんな仕事ができるか」

言いながら、角倉も間合いを詰めた。

二人の間合いが二間（約三・六メートル）を切った。一足一刀、どちらかが踏み出せば、戦いの始まる間合いであった。

「……………」

先に動いたのは山形将左であった。

青眼の太刀を下段に落としながら、踏みこんで斬りあげた。

二刀流は、左手に持った太刀を頭上に横たえ、右手の脇差を片手青眼とする。

「甘い」

下から来る太刀は見にくい。しかし、それを角倉は頭上で横たえていた太刀で受け止めた。

「ほう」

引きながら、山形将左が感心した。

下段の太刀は、相手の身体に近い。落下の速度も加わる上段ほど速くはないが、それでも上段の位置から太刀を落として間に合わせたのだ。なまなかな腕ではなかった。

「さあ、つぎはどうする」

角倉が誘った。

二刀流は相手の動きを受け止めてから攻撃に転じる、いわば後《ご》の先《せん》である。己から仕掛けるより、相手の出を利用した。

「ならば……」

山形将左は、青眼の太刀をそのままで突きにでた。

「ちっ。嫌なところを」

角倉が、太刀で山形将左の突きをはたき落とした。しかし、己の太刀が邪魔となって、右の脇差を出せなかった。

「せい」

そのまま山形将左が、下に流された太刀を振り抜いた。

「なにっ」

地面へと落ちていく山形将左の太刀が、角倉の臑《すね》を削った。

太刀を振ったとき、切っ先を地面にぶつけないのが心得であった。太刀の刃先は繊細で、地面に当たれば欠けてしまう。もっともたいせつな切っ先三寸（約九センチメートル）が、欠けたら、真剣勝負での敗北は確実となる。

それを承知で、山形将左は太刀を振るった。

「突きは見せ太刀か」

足を傷つけられた角倉が、間合いを空けようと下がった。

「させるかよ」

山形将左が、追いすがった。

「こいつ」

右手の脇差を振って、角倉が山形将左の勢いを止めようとした。

「ふん」

身体を回して、脇差を左に流した山形将左は、そのまま太刀を薙いだ。

「あっ」

太刀を左手で頭上に掲げている角倉の左脇は無防備であった。

「くそっ」

必死に角倉が左手を落として、防ごうとした。その左手の二の腕に、山形将左の太刀が食いこんだ。

「ちっ。先がやられてたか」

山形将左が唇を噛んだ。

角倉の左手を斬り飛ばし、脇の急所を断つはずだった太刀が腕の骨で止められていた。

先ほど地面を噛んだことで、刃先が欠けたせいであった。

「ぎゃっ」

それでも骨にいたる痛みで、角倉が叫んだ。

「やったなあ」

痛みに耐えて、角倉が右手の脇差で山形将左へ斬りつけようとした。しかし、左手に刺さった太刀が身体の回転を阻害した。同時に、山形も太刀を使えなくなった。

「はっ」

太刀から手を離した山形将左が、気合いを発して脇差を抜き撃った。

「ぐえええええ」

山形将左の脇差が、角倉の左脇から右胸を存分に斬り裂いた。

「二刀流は、なにも、同時に抜かなくともできるんだぜ」

荒い息を吐きながら、山形将左が言った。

「かっ、角倉先生」

助市が腰を抜かした。

「さて」

血にまみれた脇差を右手にぶら下げたまま、山形将左が助市に近づいた。

「ひ、ひいい」

尻餅をついたまま、助市がずり下がろうとした。

「誰の手下だ」

「……い、言えねえ」

助市が拒否した。

「だそうだ、山城屋」

目を離すことなく、山形将左が述べた。

「さようでございますか。ならば、後腐れないようにしなければいけませんね。このまま放せば、飼い主のところへ、ご注進に及びましょう。それだけなら、まだしも、もう一度、わたくしに匕首を突きつけてきかねません」

感情のない声で昼兵衛が告げた。

「わ、わああ」

今気づいたとばかりに、助市が匕首を捨てた。

「山形さま、お願いしますよ」

「用心棒の仕事ではないぞ。別料金をもらいたいな」

「お払いいたしましょう」

昼兵衛がうなずいた。

「匕首を抜いて、襲おうとしたんだ。負けたら、己の命で支払うことくらいはわかっていたはずだ」

山形将左が助市に迫った。

「た、助けてくれ。親分に言われたんだ」

殺気を浴びた助市が、漏らした。

「親分とは誰だ」

「南深川の権蔵親分だ」

「やはり、そうでしたか」

予想通りの名前に、昼兵衛が嘆息した。

「わたくしの裏に誰がいるのか、吐かせてこいというところですかね」

「そ、そうだ」

がくがくと何度も助市が首を縦に振った。

「権蔵親分のもとには、あと何人くらい人がいるので」

「…………」

「山形さま」

「わかった。言う。用心棒の浪人が一人と、おいらたちみたいなのが七人」

昼兵衛の言葉にしたがった山形将左が一歩間合いを詰めただけで、助市の我慢はもたなかった。

「では、親分へお伝え願いましょうか」

「……な、なにを」

助かると知った助市の顔色が少しよくなった。

「近いうちにごあいさつに伺いますとね」

「……深川へ来る気か」

助市が驚いた。

「親分の縄張りだぞ」

「承知しておりまする。妾のことがからめば、どこへでも参りまする。それが、妾として女を斡旋した者の務め」

「勝てないぞ」

「さて、どうでしょうかねえ」

「おいおい、拙者を使うつもりか」

ちらと昼兵衛の目が向いたことに気づいた山形将左が、苦笑した。

「大月さまにもお願いしようと思っておりますが」

「ならば、安心だの」

山形将左が笑った。

「まだいるのか……」

別の浪人の名前が出たことに、助市が息を呑んだ。

「大月氏はな、拙者の数枚上手《うわて》だ」

「ば、ばけもの」

助市が怯えた。

「では、帰りましょうか」

「ああ。家まで送ろう」

「刀の代金、お支払いしなければいけませんな」

「頼むぞ。このままでは、戦えぬ」

一応角倉から取り戻した太刀を持ってていたが、すでに使いものにはならなくなっていた。

「はい」

昼兵衛がうなずいた。

四

翌朝、大月新左衛門と和津のところへ、昼兵衛からの使いが来た。

「来いと」

「なにかあったんでございましょうねえ」

二人は、東大膳正の妾宅の見張りを解いて、山城屋へと戻った。

「お呼び立てして、申しわけありませんが、じつは……」

二人を迎えた昼兵衛が、事情を説明した。

「…………」

「ほう」

聞いた新左衛門と和津がそれぞれに反応した。

「今、山形さまが、太刀をお買い求めに行っておられまする。お帰りになられれば、そのまま出向こうと思いまする」

　そう言って、昼兵衛が懐から小判を出した。

「今日の日当でございまする。刀やお着物などに損害が出たときは、別途お支払いいたしまする」

「承知した」

　新左衛門が受け取った。

「遠慮なく」

　和津が手を伸ばした。

「これで、新しい人形が買えやす。目を付けているのがあるんで」

　うれしそうに小判を懐へ入れた。

「おいおい。生身《なまみ》の女より、相変わらずそっちがいいのか」

　そこへ刀を買いに行っていた山形将左が、山城屋へ入ってきた。

「生身の女じゃ、一瞬で終わりでござんしょう。その点、人形なら、ずっと一緒にいてくれやすからねえ」

　悪びれずに、和津が応じた。

「よいものはございましたか」

「ああ。なかなかの業物《わざもの》だ。質屋の親父、最初は隠していやがったが、山城屋の名前を出した途端に態度を変えやがった」

山形将左が、苦笑した。

「あの質屋には、昔妾を斡旋してやったことがございましてね。それで、一度女房と大もめにもめまして、それの仲裁をしてやったので」

笑いながら昼兵衛が言った。

「なるほどな。ならば、山城屋には頭があがらぬの。しかし、妾屋というのは、夫婦喧嘩の仲立ちまでするのか」

「妾がかかわっておりますれば。でございますが」

昼兵衛が腰をあげた。

「では、参りましょうか。向こうも、昨日の今日とは思っていますまい」

四人が、浅草から両国橋を渡って、深川へと入った。

南深川の権蔵は、朝から不機嫌であった。

「たかが妾屋とあなどっていたか」

権蔵が独りごちた。

昨夜遅く、一人帰ってきた助市から襲撃の失敗を聞かされただけでなく、用心棒の一人角倉を失ったことを報された。

「あれだけの手練《てだ》れは、ちょっといないだけに、惜しいことをした」

江戸に浪人はあふれていたが、泰平の世になれた侍のなれの果てである。剣が遣えるどころか、真剣を抜いたことさえないような者ばかりであった。

「親方、朝早くからなんだ」

眠そうな声で、浪人者が姿を現した。

「伊藤《いとう》先生、角倉先生が死にました」

「角倉氏がか」

驚きで伊藤が目を剝いた。

「誰にやられた」

「妾屋の用心棒で。たしか、山形と呼ばれていたとかの話でござんすが」

「山形……浅草のあたりか」

聞いた伊藤が、確認を求めた。

「ご存じで」

「ああ。名前だけだがな。かなり遣うとは聞いていたが、角倉氏を倒すほどとは」

伊藤が応えた。

「先生とどうでしょう」

「一対一ならば、負けはすまいと思う」

微妙な返答を伊藤がした。

「あちらに人数がいれば……」

「難しい」

「先生のお知り合いで、どなたか腕の立つ御仁はおられませんかね」

「角倉氏ほどの腕を持つのはおらぬぞ。数枚がた落ちるのならば、数人心当たりはあるが」

問われて、伊藤が告げた。

「お願いできますか」

「わかった。訊いてこよう」

伊藤が一度出て行った。

「おい、若い者を集めておけ」

権蔵が大声を出した。

縄張りといったところで、印が置かれているわけではない。

「そろそろ権蔵の縄張りでございましょう」

仙台堀にかかる海辺橋を渡ったところで、和津が注意を喚起した。

「深川には、町奉行所の手も及びませぬ。ここで殺されたら、重石《おもし》を抱かされて海へ捨てられて終わり。訴え出ても、町方は動いてくれやせんので」

和津が語った。

本所深川は、埋め立て地ということもあり、当初は町奉行所ではなく本所奉行の管轄であった。それが本所奉行の廃止によって、町奉行の管轄となった。

町奉行所のなかに本所深川見回りという役職はあったが、与力一騎、同心三人しかいないうえ、本所深川の特性もあり、その主たる任は、犯罪の対応ではなく橋々普請の見回りと川ざらえの監督であった。

「本所深川の治安はどうなっているのだ」

話を聞いた新左衛門があきれた。

「同心方から十手を預かっている目明かしが担っていると言いたいところですがね。なにぶん、十手持ちと顔役の二足の草鞋《わらじ》が多くて」

「権蔵もそうだというわけだね」

「へい」

昼兵衛の言葉に、和津がうなずいた。

「やれ、へたをすると町奉行所を敵に回すか」

面倒だと山形将左がぼやいた。

「それは心配ないでしょうな。なにせ、町奉行とは別のお方の思《おぼ》し召《め》しで動いているようでございますから。表沙汰にしたくないのは、あちらも同じで」

大丈夫だろうと昼兵衛が言った。

「そろそろでござんすよ」

富岡橋をこえた深川一色町の権蔵の家は口入れ稼業を表向きうたっていた。

「外に人を出していないな」

山形将左が、あきれた。

「結構なことで。いきなり表でやりあうのは、遠慮したいですな」

戸障子を開けようと昼兵衛が、近づいた。

「お待ちを。あっしが開けます」

昼兵衛を手で制して、和津が戸障子を蹴飛ばした。

「な、なんだ」

なかにいた手下たちが、驚愕した。

「浅草の山城屋が来たとお伝え願いましょうか」

堂々と昼兵衛が名乗った。

「来やがった」

藤次が叫んだ。

「こいつらか」

たちまち手下たちが、得物を手にした。

「大月氏、後ろを頼む」

「承知した」

脇差を抜いた山形将左に言われ、新左衛門が後ろを向いて援軍に備えた。

「やろうっ」

長脇差《ながどす》を振りあげて、血気に逸《はや》った若い配下が斬りかかった。

「死にたくない奴は、じゃまをするな」

あっさりとかわした山形将左が、脇差で若い配下の首の付け根を刎《は》ねた。

「あっああああああ」

血をまき散らしながら、若い配下が崩れた。

「病の親がいようが、妹と二人暮らしだとか、事情を斟酌してはやらぬ。かかってきた段階で敵と見なす」

山形将左が宣した。

「だ、誰か、鉄砲を持ってこい」

兄貴分らしいのが命じた。

「そうだ。鉄砲」

一人が奥へ入って行った。

「敵対する気だな」

冷たい表情で、山形将左が詰め寄った。

「わっ。やろうども、やってしまえ」

わめくようにして兄貴分が、一歩下がった。

「おう」

「わあああ」

左右にいた配下たちが、突っこんできた。

「はっ」

一呼吸で、山形将左が左右に脇差を翻し、二人を迎え撃った。

「ぎゃっ」

「痛えええええ」

二人とも利き腕を肘《ひじ》から失っていた。

「ひっ」

「一人だけ逃げようとするんじゃねえ」

いつのまにか兄貴分の隣に和津が立っていた。

「わあ……」

悲鳴は最後まで続かなかった。和津が兄貴分の心臓に匕首を叩きこんでいた。

「このちくしょうめ。よくも矢治《やじ》の兄貴を」

奥から火縄銃を持った若い配下が戻ってきた。

「死にやがれ」

火縄銃で山形将左を狙った。

「馬鹿が。この距離で鉄砲が、役に立つはずなかろう」

山形将左が、狙いが安定する前に間合いを詰めた。しっかり、昼兵衛を射線から外すように動いている。

「うああ」

あわてて若い者が引き金を引いた。

轟音《ごうおん》と白煙が、一瞬辺りを覆った。

「やった……」

喜んだ若い者の下腹に、脇差が刺さっていた。

「……なんで」

「鉄砲は、相手の届かない遠くで遣うものだ。それにな、鉄砲は引き金を静かに落とさないとな、がく引きとなって、弾が上へ行く。屈めば当たらない」

腰を屈めた山形将左が説明した。

「やっぱり勝てねえ」

残っていた藤次が逃げ出した。

「昨夜のやろうはいないな」

「あれだけ脅せば、逃げたくなりましょう。では、親分と会いますか」

きっちり雪駄《せった》を脱いで、昼兵衛が権蔵の家へ上がった。

「頼んだ」

続いて脇差を納めた山形将左がついていった。

「任せられたし」

新左衛門が首肯した。

「おぬしは行かないのか」

残った和津に新左衛門が問うた。

「話し合いに、あっしは要りやせんからねえ」

和津が笑った。

仲が顔を出した。

「最初からで。芝居を書かれたお方は、庶民のことをご存じないようで。妾の女中は、もっと年老いてないといけません。主の信用がないと務まらない。あなたは若すぎた」

昼兵衛が答えた。

「どうなさいます。失敗したのでございますよ。ただ、その被害をあなたさまで留めるか、もう少し拡げるか。拡げれば、当然、あのお方のお名前を出すことになりますする。名前を出させたあなたさまは許されますかね」

「ううむう」

「わたくしは商売人でございまする。得させてもらえば、それでけっこう。後ろにどなたがおられようとも関係ございませぬ」

大膳正というより仲を見ながら、あえて松平伊豆守の名前を出していないことを考えるようにと、昼兵衛が言った。

「…………」

無言で仲が、大膳正を見た。

「わかった。払う」

大膳正が肩を落とした。


坂部能登守をつうじて、昼兵衛の動きを聞いた林忠勝が、確認した。

「山城屋は、東の妾宅を出た後、どこにもよらずに店へ戻ったのだな」

「はい。妾の女を連れて、浪人者二人、小者一人の全員で」

訊かれた坂部能登守が、首肯した。

「東はどうした」

「一人屋敷へ戻りましてございまする」

「……一人、女中は」

「松平伊豆守さまの上屋敷へ」

「そうか。やはり手の者を入れていたか」

林忠勝がうなずいた。

「どうやら芝居は終わったらしい」

「芝居でございますか」

坂部能登守が、首をかしげた。
「気にせずともよい。ご苦労であった」
質問に応じず、林忠勝は坂部能登守を帰らせた。
「落としどころも気に入った。御上が作る妾屋の主にふさわしい。人材はそろった。
あとは、実行あるのみじゃ」
林忠勝が満足そうに呟いた。

この作品は書き下ろしです。

妾屋《めかけや》昼兵衛《ちゅうべえ》女帳面《おんなちょうめん》三

旦那《だんな》背信《はいしん》

上田《うえだ》秀人《ひでと》

平成24年9月20日　初版発行
平成30年3月5日　4版発行

発行人――石原正康
編集人――永島賞二
発行所――株式会社幻冬舎
〒151-0051東京都渋谷区千駄ヶ谷4-9-7
電話　03(5411)6222(営業)
03(5411)6211(編集)
振替00120-8-767643
印刷・製本―株式会社　光邦
装丁者――高橋雅之

幻冬舎時代小説文庫

ISBN978-4-344-41916-2　C0193　う-8-4

幻冬舎ホームページアドレス　http://www.gentosha.co.jp/
この本に関するご意見・ご感想をメールでお寄せいただく場合は、
comment@gentosha.co.jpまで。